KB112115

흘러간
젊은 시절

흘러간 젊은 시절

발행일	2017년 2월 1일		
지은이	박 은 식		
펴낸이	손 형 국		
펴낸곳	(주)북랩		
편집인	선일영	편집	이종무, 권유선, 송재병
디자인	이현수, 이정아, 김민하, 한수희	제작	박기성, 황동현, 구성우
마케팅	김회란, 박진관		
출판등록	2004. 12. 1(제2012-000051호)		
주소	서울시 금천구 가산디지털 1로 168, 우림라이온스밸리 B동 B113, 114호		
홈페이지	www.book.co.kr		
전화번호	(02)2026-5777	팩스	(02)2026-5747
ISBN	979-11-5987-407-9 03810(종이책)		979-11-5987-408-6 05810(전자책)

이 도서의 국립중앙도서관 출판예정도서목록(CIP)은 서지정보유통지원시스템 홈페이지(http://seoji.nl.go.kr)와 국가자료공동목록시스템(http://www.nl.go.kr/kolisnet)에서 이용하실 수 있습니다.
(CIP제어번호 : CIP2017001938)

(주)북랩 성공출판의 파트너

북랩 홈페이지와 패밀리 사이트에서 다양한 출판 솔루션을 만나 보세요!

홈페이지 book.co.kr   1인출판 플랫폼 해피소드 happisode.com

블로그 blog.naver.com/essaybook   원고모집 book@book.co.kr

흘러간

젊은 시절

박은식 시집

머리말

불초소생이 본 책을 만들려고 함은 고난의 연속이었던 나의 삶을 이야기하고자 함입니다. 1935년 1월 25일 김제 농촌 마을에서 태어났고, 부모님들의 성화로 김제군 봉남면 월성리에 사는 참신한 규수와 1963년 3월 12일 결혼하지만, 3개월 만에 이해할 수 없는 악성기침으로 갑자기 각혈하여 병원에 입원을 하였습니다. 폐결핵 양폐중증으로 병상 신세가 되어 서로 그리움에 별거되니, 신혼의 꿈은 일시에 산산조각으로 사라졌습니다. 병마와 싸운 삼십 년이란 긴 세월 동안 병세가 차도 없이 유지됨에 따라 '운명은 재천이다.'란 말을 믿게 되었습니다. 그런 허송세월 속에 아내가 농사짓기 힘드니 서울로 이사하자고 하여 우리는 법조단지 비닐하우스에서 처음 터전을 마련하였습니다. 그 후 건강이 악화되어 서초보건소에 가서 도움을 청했더니 결핵전문의원인 당산동 복십자의원을 알선해 주시어 치료한 지 약 삼 년이 되는 1993년 4월 3일 완치 판정을 받았습니다. 그러나 활동을 할 수 없어 여전히 아내는 불철주야 피땀 흘리며 모진 고생을 하며 살아가고 있습니다.

흘러간
젊은 시절

2012년 1월 6일 아침 갑작스러운 비보에 너무 놀라 황급히 빈소로 찾아가보니, 돌연사로 발견된 둘째 사위는 심근경색이라고 하였습니다. 46세의 젊은 나이로 속세 떠나는 것을 보니 너무나 슬프고 원통함을 견디기 힘들어 집에 와서 그 슬픈 심정을 담은 '속세를 떠난 재학 별'이라는 글을 썼습니다. 영전 앞에 놓은 그 글을 본 문상객들과 가족들이 '문예에 소질이 있는 것 같다'고 격려를 해주었습니다. 이것이 계기가 되어 그동안 가슴 깊이 묻어두었던 한 맺힌 병상 사연과 죄책감을 하나씩 글로써 풀어보리라는 용기를 얻어 도전을 하게 되었습니다. 비록 부족함이 많은 글이지만, 그 부족함을 독자님들이 안아 주시고 지적해 주시면 감사하게 여기며 더 열심히 노력하겠습니다.

2017년 1월

박은식

차례

머리말   ___4

1부   속세 떠난 그리운 님들

속세를 떠난 재학 별   ___14

애통한 그대 영전을 보면서   ___15

소중한 그대 마음 잊으리   ___17

그대 떠난 빈자리   ___19

그리운 어머니   ___21

금잔디 언덕 그리워서   ___23

속세 떠나 잠든 별(병선)   ___25

떠난 임 49제 추도   ___26

속세 떠난 고마운 그대여   ___28

옛날 무명베를 짜던 엄마   ___30

극락으로 가신 어머님 보고파   ___32

누님 생각 고물 수집   ___33

1주기 추모행사를 보며   ___35

을미년 추모 기일   ___37

하늘나라 가신 누나   ___38

떠나신 누나 영전 보면서   ___40

선친의 애국하는 마음!   ___42

농촌 일에 시달린 저린 엄마 손! ___44

환한 내 딸의 웃음소리 ___46

2부 우리 부부가 살아온 길

한스러운 신혼 ___50

고생했던 아내 모습 ___52

흘러간 우리 부부 인생 ___54

사랑 ___56

아내가 살아온 길 ___58

그리움 ___60

결혼 50주년 자녀들의 효심 ___62

흘러간 꿈에 ___64

눈물로 이은 사랑 ___66

정으로 살으리 ___68

눈물의 나의 사랑 ___70

사랑이 뭐 길래 ___72

나는 그대 위해 ___74

나의 삶 ___75

우리의 살아온 길 ___77

그리움에 살아온 당신 ___79

그대여! 살펴다오 ___81

이 생명의 은혜를 ___82

흘러간 병상 삼십 년 ___83

사랑하는 아내의 병상을 보며 ___85

우리 가정을 책임졌던 당신 ___87

꿈이 사라졌던 병상 ___89

우리 버리고 떠난 청춘 ___90

지난 괴로운 사랑 ___92

기적을 믿어보리라 ___94

님을 위해 살아온 은혜 ___95

그 은혜 이 생명을 ___97

우리의 신혼 삼십 년 ___99

지난 사연들 ___100

그 은혜로 살았으리 ___101

초라해진 모습에 ___102

살아온 그대 보며 ___103

우리의 운명인걸 ___105

불행했던 우리 신혼 ___107

언제나 보고파 ___109

도움으로 사는 인생 ___110

꿈 없이 살아온 인생 ___112

기다린 내 사랑 ___113

그대의 은혜 ___114

고생했던 그 여인 ___115

변함없는 내 사랑 ____116

그리운 여인 ____118

얄궂은 그대 사랑 ____119

행복 없는 그리움 ____121

흘러간 젊은 시절 ____122

아내와 같이 한 인도네시아 여행 ____124

병상 30년, 살아온 눈물겨운 아내____126

부도(婦道) 추모비 ____132

3부 흘러간 나의 인생

그리운 내 고향 ____136

떨어진 검정 고무신 ____138

소중한 우리말과 글 ____140

고생하는 우편 배달원 ____142

뚱보할매 국밥 ____144

꿈 못 이룬 이 마음 ____146

멍든 가슴 서광되리 ____147

벼나는 임진년의 첫눈을 보며 ____149

고향 ____151

하늘을 나는 소리개 ____153

한민족 통일 ____155

세월호 참사를 보며 ___156

가고 싶은 내 고향 ___158

내 지팡이 ___159

병마로 괴로웠던 삼십 년 ___161

흘러간 그 인생 ___162

저물어 가는 황혼 인생 ___164

병신년 새해를 맞아 ___165

대통령 자진해 퇴진을 ___166

음식 만들 때 보람 ___168

기적의 뒷바라지 ___170

살아온 험난한 삶 ___172

4부 자연과 살아온 생활

베란다에 핀 꽃 ___184

동경하는 겨울 ___186

사계절 풍경 1 ___188

그리운 봄이여! ___190

봄소식을 전해주는 쑥국새 ___192

사계절 풍경 2 ___194

기다리던 봄비 ___197

무 종자 밭 보며 ___199

비 ___200

자연을 사랑으로 ___202

눈 내리던 어느 날 ___204

5부 사랑하는 손자들

그리워진 외손들 ___206

출생 오십 일 손자 ___209

산모의 고통스러운 출산 ___210

손자 첫돌 ___212

신생아, 외손자들 ___214

성숙한 외손녀 보면서 ___215

이 책의 마무리 글
___216

1부
속세 떠난 그리운 님들

속세를 떠난 재학 별

사랑하는 사람들을 어떻게 잊으시고
세상을 떠나셨나 꽃잎이 필 무렵에
낙화되니 한이 되어 눈물이 앞을 가려
떠난 임 명복만을 비노니 잠드소서

생각해도 가슴 아픈 중년의 인생 삶이
애통한 영정 앞에 말 없이 모여들어
화원마다 쓰인 글을 볼수록 눈물 나네
떠난 임 명복만을 비노니 잠드소서

부모 형제 저버리고 어떻게 눈 감았소
병상에 계신 부모 효심을 어찌하고
혼자만이 근심 속에 말없이 떠나가오
떠난 임 명복만을 비노니 잠드소서

2012년 1월 6일

흘러간
젊은 시절

애통한 그대 영전을 보면서

1월 5일 슬픈 비보 들리어 당황하던
그날을 잊지 못해 눈물이 앞을 가려
움직일 수 없는 이 몸 가야 할 힘이 없어
드디어 영전 찾아 한이 돼 울고 울어

슬픔 속에 만든 영전 동국대 장례식장
외로이 영전 앞에 그 아들 상주되어
문상객을 말없이 홀로 맞아 인사하는
애통한 착한 상주 효심을 누가 알랴

짝을 잃어 애통하는 그 여인 슬픔 쌓여
영전에 찾아드는 사람들 부여잡고
비통하는 그 여인 위해 어떻게 위로하나
끝없이 애통하며 말없이 눈물짓네

살아생전 사랑했던 낭군이 떠나가니
의욕도 사라지고 어떻게 살아갈지
지난날들 그리워져 자꾸만 생각되어
한스러운 추억들이 눈물로 찾아드네

2012년 1월 20일

흘러간
젊은 시절

소중한 그대 마음 잊으리

잊으려고 노력하나 자꾸만 꿈속에서
나타나 생시처럼 보였던 사연들은
추억 속에 살아있듯 생생한 그의 모습
잊으려 명복 비니 고요히 잠드소

살아가며 대화하던 낭군이 생각이나
한스러운 그대 모습 말없이 떠나가니
그와 놀던 추억들도 하나둘 사라지니
잊으려 명복 비니 고요히 잠드소

지난 세월 일어났던 사연들 생각되어
모든 것 잊으려고 하지만 아니되어
말도 없이 날 버리고 극락에 가시였나
잊으려 명복 비니 고요히 잠드소

살아생전 그 빈자리 몰랐던 이 마음이
더욱더 소중했던 그 님이 생각되어
이제라도 모든 것을 아니 마음 아파
잊으려 명복 비니 고요히 잠드소

2012년 1월 23일

흘러간
젊은 시절

그대 떠난 빈자리

서로 믿고 살던 때는 무관심하던 것이
이제는 힘이 들고 밤이 오면 허전함을
그렇게도 믿은 낭군 떠나니 가슴 아파
더더욱 소홀함은 건강을 믿었던

어쩌다가 불행한 사연이 일어났는지
말없이 극락 가니 이 가슴만 더욱 아파
지난 세월 모든 것을 어떻게 감당할고
이제는 누구에게 물어야 하나요?

어찌하여 떠나가며 가슴에 대못되어
더욱더 살아가는 의욕마저 나지 않아
아이들을 생각하면 힘내야 하련마는
지나간 세월들이 너무도 서글퍼

사랑하나 날 버리고 떠나간 세월들은
그렇게 야속한지 이 가슴 두려워요
생각 않고 지내는지 떠나간 그대 생각
어째서 서글프게 아픔만 주려는지

2012년 2월 9일

흘러간
젊은 시절

그리운 어머니

그리운 어머니가 떠나신 그 세월도
어느덧 십육 년이 흐르니 가물가물
고생하신 어머님께 이 자식 도리 못해
언제나 그리움에 어머니 불러요

그리운 어머니의 고달픈 인생길을
돌보지 못한 불효 용서를 빌고 싶어
못난 자식 두손 모아 명복을 비나이다
언제나 그리움에 어머니 불러요

그리운 어머니를 생전에 구경 한 번
못하고 고생하다 떠나신 어머니를
생각하니 효도 한번 못해 준 불효자식
인제니 그리움에 어머니 불러요

그리운 어머니의 지난날 피땀 어린
고생을 간직하며 사고로 활동 못한
엄마 모습 잊혀지지 않으며 그리워져
언제나 그리움에 어머니 불러요

그리운 어머니가 말없이 살던 그때
참신한 엄마 모습 자꾸만 생각되어
불러봐도 대답 없어 이 마음 울고 싶어
언제나 그리움에 어머니 불러요

2012년 2월 25일

흘러간
젊은 시절

금잔디 언덕 그리워서

아! 세월은 흐르고 흘러 어느덧
부모님이 속세를 떠난 지도 삼십삼 년, 십육 년이
유수처럼 흘러가도 부모 계신 금잔디 언덕을
찾아뵙지도 못하고 그리울 때는 서글퍼져
불효자는 웁니다. 이 노래를 부르다 보면
그리움이 사라지곤 한답니다
어느 땐가 몸이 유지되면 보고 싶은
금잔디 언덕을 다시 찾아가보려 하오니
아버지, 어머니 이 불효자를 자비로 안아 주소서
두 손 모아 명복을 비오니 고요히 잠드소서

아! 세월은 돌고 돌아서 어느덧
부모님이 극락에 가신지도 삼십여 년 긴 세월이
술래처럼 돌아가도 부모 계신 금잔디 언덕을
찾아뵙지 못하고 그리울 때는 울고 싶어
불효자는 웁니다. 그 노래를 부르다 보면
그리웠던 그 마음은 사라져요

언젠가는 몸이 회복되어 산길 따라
금잔디 언덕을 다시 찾아가보려 하오니
아버지, 어머니, 이 불효자를 자비로 안아 주소서
두 손 모아 명복 비오니 고요히 잠드소서

아! 세월은 흐르고 흘러 어느덧
부모님이 세상을 떠난 지도 수십 년이 흘러가도
가지 못한 그 산길에 부모계신 금잔디 그 언덕
찾아가려도 못가는 불효자식은 보고파
"불효자는 웁니다" 이 노래를 반복 부르면
서글픔에 그리움도 사라져요
아픈 이 몸 회복되면 금잔디 언덕을
언제든 가려 할 때 찾아가서 뵈려 하오니
아버지, 어머니 죄 많은 자식 자비로 안아 주소서
두 손 모아 명복 비오니, 고요히 잠드소서

2012년 2월 27일

흘러간
젊은 시절

속세 떠나 잠든 별(명선)

서글프게 하직한 별 성실했던 그 사람이
사랑했던 가족 두고서 보고 싶어 불러 보아도
어떻게 눈을 감아 세상 떠나 대답 없네
보고 싶어 불러 봐도 진실하게 살던 그 사람
멀고 먼 저승길에 있으니 어쩌다가 먼저 속세를 떠나
어떻게 대답해요 잊을 수 없이 아파
이별이란 정말 없어야 이 세상을 먼저 떠나니
명복 비니 고요히 잠드소 명복 비니 고요히 잠드소

중앙의원 텅 빈 2층 서글프게 떠나가니
다다미방 홀로 누워서 그 이별은 너무 아쉬워
적막 속에 허전할 때 행복하게 살아가던
찾아오던 그때 그 사람 그대 몸은 몹시 아파서
나를 위해 항상 고마웠던 별 불행하게 멀리 극락에 가니
언제나 정에 넘쳐 인정이 많은 그대
보살펴준 그가 떠났어 아까우나 슬픈 이별을
명복 비니 고요히 잠드소 명복 비니 고요히 잠드소

2012년 3월 9일

떠난 임 49제 추도

오늘은 떠난 임의 49제 추모하러
파주시 심학산의 약천사를 찾아가니
수려함은 약천사에 스님의 염불 소리
추도에 명복 비니 고요히 잠드소

49제 추모하러 모여든 약천사에
스님의 경건한 마음 불상 앞에 두 손 모아
절을 하고 스님 염불 떠난 임 추도하니
추도에 명복 비니 고요히 잠드소

심학산 약천사를 울리고 추도 염불
경전에 모인 사람 마음 아파 서글프니
스님들의 목탁 염불 사람들 두 손 모아
추도에 명복 비니 고요히 잠드소

불심에 심학산아 잘 있소 이제 가면
또다시 약천사를 찾아갈지 모르오나

흘러간
젊은 시절

신령들에 추모 염불 심학산 약천사에
추도에 명복 비니 고요히 잠드소

가신님 추모하려 모여든 사람들은
스님의 목탁소리 심학산은 울리리라
추모하러 약천사를 찾아온 사람들이
추도에 명복 비니 고요히 잠드소

심학산 찾아가니 수려한 마음 들어
경전의 불상 앞에 목탁 염불 서글프리
추모하러 모인 사람 스님의 염불 소리
추도에 명복 비니 고요히 잠드소

파주시 심하산아 염불에 잠든 신령
경전의 천장에는 매달아진 천여 신령
추모 염불 처량하소 스님의 염불 소리
추도에 명복 비니 고요히 잠드소

2012년 3월 28일

속세 떠난 고마운 그대여

세월은 술래처럼 돌고 돌아 어느덧 수년이 흘러갔네

병원에서 양폐결핵중증으로 사형 언도를 받은 나를 치료차 군산개정요양전문병원에 입원시키고 또다시 익산시 중앙의원으로 옮기어 준 사람

각혈할 때나 어려울 때 항상 근접에서 돌보고 치료를 도와 준 잊을 수 없는 고마운 "매제여!"

임상병리실에 있으면서 본인 병드는 것은 모르고 환자들 검사에만 충실했다니 도저히 믿어지지 않네

그렇게 건강이 악화된 줄 모르고 환자들만 검사를 해오던 그 사람은 건강하게 오래 살며 많은 사람들에게 도움을 줄줄 알았는데…

갑자기 병이 악화되어 불행하게 속세를 하직할 줄 누가 알았으리…

언제나 보고 싶어 불러봐도 멀리 천국으로 떠나 대답이 없네

이 심정 너무도 가슴 아파 잊을 수 없으리

흘러간
젊은 시절

살아생전 고마운 말 한마디 못했는데 먼저 말없이 저세상으로 떠나가니 서글프고 정말 알 수 없네

그러나 나를 돌봐주었던 진실한 마음만은 잊지 못하네

그때 그 사연을 어찌 잊으리

살아생전 고맙고 그리웠던 그 사람 속세 떠난 지도 벌써 수년이 흘렀네

이제껏 이 가슴에 남아있는 그 정을 잊을 수 없어 이렇게 글로 남기네

나의 여생이 다할 때까지 그대 위해 명복 비오니 고요히 잠드소서…

2012년 5월 12일

옛날 무명베를 짜던 엄마

옛날 우리 집 옆에 있는 밭에 목화를 심으면
뭉게구름 같은 하얀 목화송이가 활짝 피네
목화 따러 가는 엄마를 따라가 연한 목화 열매를
몰래 따 먹으면 약간 달고 맛이 있었지
언제나 엄마가 목화 따러 갈 때 따라가 함께
목화를 따던 어린 시절 기억들이 떠오른다
그때 농촌은 너무나 생활이 어려워 먹고살기 위해
누구나 손수 목화를 심어 하얗게 핀 목화를
따다 햇볕에 잘 말린 후 농번기를 피해
초겨울부터 그 이듬해 봄까지 마을 아줌마들은
씨아로 목화씨를 제거하고 목화를 활이나
시장 목화 타는 집에 가서 목화를 타 솜뭉치로
집에 가져와 일일이 솜 고추를 말아 물렛가락을
돌려 실을 뽑고 실꾸리가 많아지면 집 마당에
왕겨 불을 피우고 그 위에다 베 날을 늘리어
찹쌀풀을 발라 베 메는 솔로 빗어 내린 후 잘 말려
도투마리 사이사이에 막대를 대며 잘 손질된 날줄을

흘러간
젊은 시절

풍속화 길쌈(2016)
김영엽 作

도투마리에 감아 베틀에 얹어놓고 베 짤 준비를 하던
엄마는 베틀에 앉아 허리에 베 짜는 바디 끈을 메고
베틀신을 발에 걸고 앞으로 당기었다 늦추었다를
반복하면 바디에 연결된 날줄도 위·아래로 벌어지고
씨북이 좌로 갔다 우로 왔다할 때 바디질 하네
가족들의 옷을 위해 쉬지 않고 불철주야 베틀에 앉아
바디질을 하며 무명베를 짜던 엄마가 말없이
고생만 하시다 97세로 세상을 떠나게 되어 한이 된
나는 그때 병마로 엄마를 조금도 돌보지 못한
불효자식이었으나 기적으로 살아나 생각하니 너무도
가슴 아파 엄마 고생을 거울삼아 가난이 되지 않게
항상 성실한 생활 속에 삼강오륜을 초지일관 실천하며
낭비 없는 저축으로 알뜰한 노후대책을 서서히
순비하고 화목한 가정이 되도록 노력을 하였네
자녀들에게 부탁하오니 명심하고 실천하기를…

2012년 5월 31일

극락으로 가신 어머님 보고파

속세 떠나신 어머님이 보고파 그리워지네
살아생전 말이 없던 그 얼굴 어찌 모르리
손발 트고 피땀으로 모진 고생 그 누가 알리
이제라도 세상 떠난 어머님 명복을 빌어
효도 한번 못해 드린 불효자식 눈물 나네요

청풍명월에 어머님이 계시는 금잔디 언덕
가지 못해 불효함을 이렇게 속죄하오니
극락으로 가신 엄마 보고 싶어 불러봅니다
속세에서 고생하신 어머님 명복 손모아
빌고 비니 효도 못한 엄마 사랑 한이 되리라

지난 세월에 피땀 흘려 고생한 떠난 어머님
괴로워도 참고 살던 어머님 누가 믿으리
멀고 먼 극락에도 밤별들이 보일런지요
자나 깨나 효도 한번 못해 준 죄 많은 자식
두 손 모아 머리 숙여 속죄하며 명복을 비오

2012년 9월 5일

흘러간
젊은 시절

누님 생각 고물 수집

지난 옛날 괴로웠던 병마로 삼십 년의
젊은 청춘 다 보내 야속하고 속상해
모진 고생 생각하면 서글픈 지난날들
힘 되어 고물수집 보람이 되었으리

숨 가파도 손수레를 끌면 고물 생각
하면서 모은 고물 팔아서 한푼 두푼
불어나는 통장 보면 더욱더 위안되어
힘겨운 고물수집 언제나 보람으로

자나 깨나 고생하는 누나를 생각하면
그 행복 어데 가고 힘들게 살아가는
그 모습이 안타까워 언제나 염려되던
그 마음 추운 겨울 연탄값 일부라도

욕심 없이 살아가는 그리운 우리 누나
이 몸이 아팠을 때 조금만 돌봤으면
아내만은 잊지 않고 보답을 했을 텐데
그 시절 생각 못해 아쉬움 되오리라

2012년 12월 30일

흘러간
젊은 시절

1주기 추모행사를 보며

작년 임진년 1월 5일 서글픈 해는 가고
계사년 새해 맞아 고인을 추모하러
청아공원에 모여 들은 동지들 서글픔에
모두들 추모행사 고인의 명복 비네

무심하게 속세 떠난 그 낭군 생각하면
슬프고 원망스러운 고달픈 지난 세월
우울하게 사는 딸의 모습이 마음 아파
참석을 못 했어도 집에서 명복 비네

극락 떠난 1월 5일 일주년 추모행사
찾아온 그 동지들 고인의 행사 위해
살아왔던 동영상에 추억들 마음 아파
찾아온 추모객들 고인의 명복 비네

슬프도다 극락 가신 고인은 가족사랑
모른 체 말도 없이 무심히 떠나갔네
짝을 잃은 딸의 모습 눈물이 앞을 가려
모여든 추모객들 고인의 명복 비네

살았을 때 베푼 우정 고인의 은혜보답
찾아온 동지들은 그 명복 추모하러
협심으로 찾아온 우정은 고마우리
찾아온 추모객들 고인의 명복 비네

세월 떠나 부모 형제 고인은 잊었나 봐
그렇게 가족사랑 말없이 저버리고
극락으로 떠났어도 낭군의 추모 위해
모여든 추모객들 고인의 명복 비네

2013년 1월 5일

흘러간
젊은 시절

을미년 추모 기일

무심한 세월은 흘러가도
속세 떠난 그 세월 돌고 돌아
어느덧 을미년 세 돌이 찾아오네.
그렇게 무심하게 이별이 될 줄이야
믿었던 동지 친척들 오지 않아
더욱 쓸쓸한 추모 기일 되려나
잊지 않고 찾아오는 자매 동생
형부 없는 기일 밤을 같이 하려고
이제 가슴 아픈 부모는 마음이 놓여
형제자매여! 항상 우애하고
어려울 때 서로 도우며 모두들
화목한 가정이 되기를…

2015년 1월 5일

하늘나라 가신 누나

갑작스러운 누나의 비보! 너무 비통하구려
그렇게 몸 아파서 고생하던 우리 누나
심청 같은 딸들 두고 어떻게 눈을 감았소
이제 다 잊으시고 하늘나라에 가시면
누나만의 행복 찾아서 살아가세요
명복 비오니, 잠드소서!

사랑스러운 가족들 두고 그렇게 하직하신
못살았던 죄책감에 살았던 우리 누나
돌보던 효녀 딸들 두고 어떻게 가셨나요
믿음으로 사신 누나, 하늘나라에 가서
못 이룬 소망 이루고 사세요, 부탁하오
명복 비오니, 잠드소서!

흘러간
젊은 시절

그래도 말년 복으로 편안하게 사시다가
후회도 미련 없이 떠나신 누나 보면서
그 세월에 고생한 그 모습들 상상해보니
하늘나라로 떠난 누나, 못 이룬 그 꿈을
성취해, 행복 위해 그 소망이 되시기를
명복 비오니, 잠드소서!

2015년 11월 22일

떠나신 누나 영전 보면서

그리워도 가보지 못한 이 동생
11월 22일 누나의 비보에 즉시 가고 싶었으나
몸이 아파 그렇게 못한 비통한 마음
몇 번이고 망설였던 그리운 누나
다시 볼 수 없어 찾아가려니, 힘들어
명복을 비오니, 고이 잠드소서!

누나여! 살아생전에 못다 하신
이제 하늘나라에 가서 그 소망 이뤄보세요
비통함을 달래면서 영전에 가보니
그 많은 추모화원들 영전에 모여서
화원마다 떠나신 누나를 추모하리
명복을 비오니, 고이 잠드소서!

흘러간
젊은 시절

사랑한 효녀 딸들 어떻게 잊고
멀고 먼 하늘나라로 말도 없이 떠나셨는지
속세에서 천당이란 그곳에 가면
고생하다 못 이룬 그 꿈을 이뤄봐요
이제는 다 잊으시고 하늘나라에서
명복을 비오니, 고이 잠드소서!

2015년 11월 23일

선친의 애국하는 마음!

나는 일본 강점기인 1935년 1월 25일 어느 농촌 마을에서 태어나 무명옷에 짚신을 신고 마을에서 자치기, 제기차기, 팽이치기 등 우리 조상들로부터 대대 손손 내려오는 고유한 놀이를 하며 순수한 마음으로 살았습니다. 옛날 우리 선친들은 일제 강점기에 먹지도 입지도 못하고 볏짚으로 가마니를 짜 공판장에 지게로 운반하여 수매를 하였습니다. 그 대금으로 식량을 구입하여 연명하던 어느 날 아버지가 일본의 단발령에 대해 하신 말씀이 문득 생각납니다. 아버지께서는 '우리 마을 사람들 모두 단발령으로 삭발을 하는데 나만은 일제의 단발령에 굴하지 않고 고유한 우리 유교 문화를 지키기 위해 거부했다'고 하셨으며, 무명으로 옷을 지어 입고 머리에 상투를 틀고 힘든 세월 속에 사시다 세상을 떠나셨습니다. 개인적인 생각으로 우리 아버지는 애국하는 마음으로 삭발하지 않고 유교사상을 지키며 떳떳하게 사셨기에 진실한 애국자이시지 않나 합니다. 매년 3·1절 기념행사를 보면 독립을 위해 직접 일본군과 총칼로 싸우며 희생하신 독립운동가와 독립운동에 필요한 자금 조달 등을 하며 나라를 위해 애국정신에 참여하신 분들을 기리는 행사를 하고 있으나 저희 아버지처럼 국가와 민족을 위해 작은 행동이지만 실천하며 헌신한 분들을 발굴하여 애국정신을 본받게 하는 것도 국가가 해야 할 일이라고 생각합니다. 반면 불초 이 자식은 아버지의 마음을 헤아리지 못하고 살았던 것이 죄송스러우며 이제라도 자식으로 아버지의 뜻을 받들어 나라 사랑하는 마음을 길이길이 보존되도록 후손들에게 전하도록 하렵니다.

2012년 3월 23일

농촌 일에 시달린 저린 엄마 손!

옛날 어린 시절에 우리 부모님이 피땀 흘려 농사 지은 벼를 정부에서 도조로 다 가져가 식량이 언제나 일찍 떨어져 생활하기가 몹시 힘들었습니다. 어머니는 너무나 일을 많이 하셔서 손발이 심하게 트고 저린 통증으로 고생하셨습니다. 그것을 보면서 아무런 도움을 주지 못한 나는 몹시 가슴이 아팠답니다. 집에서 약 4㎞ 떨어진 연정리 경제 마을 앞에 있는 논 600여 평에다 모내기를 하였으나, 추석 전에 식량이 떨어지면 논에 가서 일부 푸른 벼를 베어 탈곡한 후 약 60㎏ 되는 벼를 가마니에 담아 머리에 이고 야산길을 오르락내리락하며 기진맥진한 상태로 집에 도착하여 쓰러지곤 하던 어머니가 떠오릅니다.

그때 병원에 갈 여력이 없던 농촌 사람들은 몸이 아프면 한약방에 가곤 하였습니다. 우리 어머니도 저린 손의 통증을 완화하고자 여러 번 한약방에 가서 건조된 지네를 사다가 닭 속에 넣고 푹 삶아서 복용하시곤 했습니다. 97세에 속세를 떠나셨지만, 살아생전에 효도 한번 못해 드리고 어머니를 편안하게 돌보지 못한 죄책감이 두고두고 한이 된 불효자식도 요즈음 손이 저리는 불편을 느끼면서 농촌 일에 시달린 엄마 손이 더욱더 떠오릅니다. 이렇게 엄마가 지난 세월 모진 고생 속에 살았음을 글로 남기고 싶어 두서없이 쓰게 되오니 독자 여러분께서 이해하시고 너그러운 마음으로 읽어주시면 감사하겠습니다.

2012년 5월 25일

환한 내 딸의 웃음소리

나는 그동안 웃음을 볼 수 없는 둘째 딸을 보며 항상 염려되었건만 갑자기 어젯밤 8시경에 전화벨이 울리어 들어보니 사랑하는 둘째 딸이여!

그간 마음적으로 남동생이라 염려되었는지 전화하여 막내 아들의 혼담을 물어 사귀는 규수가 우리 집에 찾아온다는 말에 기쁨을 웃음으로 들려준다. 항상 구름에 가려진 태양처럼 느껴져 염려했는데 딸의 웃음소리가 밝은 태양처럼 느껴져 무척 아빠도 기뻤단다.

웃고 즐거움은 건강에 좋으니 즐거운 시간도 만들어가며 살아가자.

어느덧 세월은 흘러 둘째 사위가 속세를 떠난 지도 약 5개월이 접어들고 있으니 조금씩 너의 마음도 정리되는 것 같아 무엇보다 기쁘구나. 앞으로는 살아있는 가족들을 위해 노력하며 서로를 이해하고 우애와 사랑으로 안아 주며 화목한 가정생활이 유지되기를 아빠는 항상 바라고 있단다.

아무쪼록 건강하고 교육에 차질이 없도록 돌보고 보살피며 사랑을 베푼다면 학생들 역시 고마움을 잊지 않고 이해하고 따를 것으로 여기어지니 너그러운 마음으로 학생들을 자식처럼 여기고 교육하기를 바라며 너의 건강과 행운을 기원하노라!

  안녕….

2012년 5월 25일

2부
우리 부부가 살아온 길

한스러운 신혼

희망에 부풀었던 신혼 시절에
뜻밖의 결핵으로 병상 신세는
사랑의 푸른 꿈이 산산조각돼
힘없이 부서지던 한 많은 인생
꾸준히 지켜본 가여운 아내

병원을 긍긍하며 투병 세월이
말없이 긴 삼십 년 병상 신세는
소중한 괴로움에 보살핀 보람
아내의 모진 고생 은혜가 되어
내 생명 기적이 되었으리라

흘러간
젊은 시절

신혼의 삼 개월은 참다운 사랑
나 위해 미련 없이 살아온 아내
더더욱 모진 고생 참아가면서
무엇을 보고 느껴 믿음 되어서
이 생명 돌보아 삶을 찾으리

세월은 야속하고 한스러운 날들
눈물이 앞을 가린 아내의 생애
더더욱 찾아드는 노여운 심정
신혼의 아픈 가슴 어찌하려나
기적을 믿으며 살아온 여인

2012년 1월 12일

고생했던 아내 모습

신혼 세월 잊지 못할 사랑의 진실 속에
찾아온 갑작스러운 결핵에 당황했던
아내 심정 어느 누가 위로해 주었으리
서글픈 그 심정은 눈물이 되리라

삼십 년을 나를 위해 꾸준히 보살펴준
참신한 아내 마음 어떻게 보답하랴
가정 위해 동분서주 성실한 피땀되어
사랑의 진실 꿈이 은혜로 살으리

불철주야 약통 메고 논밭을 왕래하던
성실한 노력 속에 희망을 잊지 않고
진실 속에 보람 찾아 은혜로 생을 주니
한이 된 지난 꿈을 어떻게 잊으리

흘러간
젊은 시절

나로 인해 서글퍼진 그 사연 생각하면
죄스러운 인생되어 눈물이 앞을 가려
힘들었던 세월들이 거울 돼 행복해
참신한 아내 소망 은혜로 이루리

2012년 1월 14일

흘러간 우리 부부 인생

사랑으로 맺은 부부 별거가 웬말인고
투병생활 눈물 짓던 아내 생각에
서글펐던 모진 세월 그 가슴 울어
괴로웠던 이 가슴에 그 여인 슬프리

아내만을 남겨두고 별거를 어찌해
눈물짓던 아내 모습 슬픈 그 마음
신혼 사랑 삼 개월은 그리운 애정
울어보고 불어봐도 대답은 없으리

사랑이란 그리움을 가슴에 품고서
모진 고생 참으면서 지난 사연들
삼십 년의 한스러운 날 어떻게 보내
그 가슴에 원망스러운 기억은 남으리

흘러간
젊은 시절

완쾌되어 마음 걱정 이제는 않으리
삼십 년의 모진 고생 참아온 보람에
변치 않는 그 마음은 사랑이 되어
백년해로 남은 여생 서로를 위하리

2012년 1월 15일

사랑

불러보고 기다려도 그님은 못 오시나
사랑은 그대 찾아 행복 찾아 도움주려
찾아봐도 그리움에 못 잊을 사람이여
언제나 기쁨으로 믿으며 사랑해

싫어하고 짜증 나도 참아 보려 하지만
언제나 보고 싶고 잊지 못할 그리움을
서로 믿고 이해하던 사연들 추억되어
지나간 세월들은 사랑의 열매로

진실하고 믿음으로 우리의 사랑에도
노력은 변치 않고 꿈을 향해 달려가리
착한 마음 도우면서 진실한 사랑으로
부부 정 이루려니 축복해 주소서

흘러간
젊은 시절

싫다 하고 싫어해도 진실을 어찌하노
언제나 그리움에 쌓인 마음 어찌하려
사랑하고 서로 도와 믿음에 살아가는
그리운 우리 마음 어떻게 도우리

2012년 2월 10일

아내가 살아온 길

세월은 어느덧 흘러 결혼한 지도 벌써 50주년
허송세월을 병마에 시달린 세월 역시 30년이
흘렀고 양폐중증으로 활동할 수 없어 지금까지
아내 도움으로 20년 세월도 의미 없는 세월이
되어 남은 여생 역시 꿈을 가진 인생다운
보람된 삶이 될 수 없어 너무나 아쉬우며
지금까지 우리 가정을 위해 피땀으로 이룬
아내를 볼 면목이 없구려!
아내는 불철주야 가족을 위해 자신을 희생하는
가족 사랑의 너그러운 마음으로

흘러간
젊은 시절

인내는 성실만으로 생활해 왔으며 누구나 할 수
있는 일이 아니므로 흘러간 50주년을 뒤돌아
볼 때 가정과 가족을 위해 자신을 생각하지 않고
모진 고생을 무릅쓰고 추진했던 일들이 순조롭게
하나씩 이행되어 감에 고맙고 감사하게 여기는 한편
부디 아내와 같은 가족 사랑을 배워 자손들에게
보여주기를 바라며 모두를 위해 행운과 건강을 기원하
노라

2012년 2월 11일

그리움

살고 싶고 보고 싶은 그리운 그대
모진 고생 하면서도 변치 않는
지나간 그리움을 간직하려고
오랜 세월 참으면서 기다렸던
아내의 진실 믿으리

찾아 보고 돕고 싶은 그리운 사연
비가 오고 눈이 와도 이 가슴에
진실한 그리움은 오래 간직해
미련 없이 아내 마음 그리움에
가슴 조이며 사랑해

힘을 내어 서로 돕는 그리운 사람
바람 불고 매서워도 잊지 못할
말 못할 사연들이 쌓이고 쌓여
성실하게 꿈을 찾아 도움 주어
정의로운 삶 살으리

흘러간
젊은 시절

살고 싶고 서로 도운 지나간 세월

울어보고 애원해도 사랑 약속

어찌해 잊으리까 누가 알으리

우리 부부 서로 믿고 사랑하며

그리웠던 삶 찾으리

2012년 2월 13일

결혼 50주년 자녀들의 효심

부모님 성혼한 지 50주년 1월 27일
자녀들 부모 생각 효심으로 걱정되어
부모 건강 성모병원 의뢰해 종합검진
받도록 염려하는 마음이 기특해

너희들 부모 건강 위하여 생각하는
마음을 기뻐해야 하련마는 병상에서
너희들의 고생만을 하게 한 이 마음은
지금도 가슴 아파 견딜 수 없단다

너희들 부모건강 생각해 건강검진
받도록 종합검진 부탁함은 고마우리
어찌하여 보답할지 생각이 나지 않아
더욱더 죄책감만 들어서 괴로워

흘러간
젊은 시절

너희들 부모 건강 염려돼 종합검진
받으니 미래 위해 몸조심을 더욱 하여
불행한 일 없도록 건강을 위해서는
언제나 몸조심에 노력을 하려 하리

너희들 효심 어린 마음은 기특하나
언제나 형제들은 우애하고 서로 도와
건강하고 화목한 가정 만들어 사랑으로
서로들 부모 위한 효심은 고마워

2012년 2월 20일

흘러간 꿈에

세월은 돌고 돌아 어느덧 50주년을
맞으니 지난 세월 악몽들이 살아난 듯
이 가슴을 괴롭히던 30년 젊은 청춘
세월이 잊지 못할 병마로 사라져

젊음에 사랑했던 꿈들은 병상으로
힘없이 살아지고 그 사연들 누가 알리
뜻밖에도 악성 기침 결핵에 별거하니
한 많은 눈물만이 외로움 달래리

신혼의 3개월은 사랑의 꿈속에서
살았던 그리운 날 어찌하여 잊으리까
그리웠던 아내 모습 잊을 수 없으리라
사랑의 그리움을 간직해 살으리

흘러간
젊은 시절

신혼의 그리운 꿈 간직해 축복하려
하오나 악성 기침 각혈되어 병상 신세
가여웠던 몸이 되니 더더욱 꿈에 사는
젊음의 서글픔을 그 누가 알으리

성혼의 30년은 병마에 시달렸던
세월이 기적으로 이룬 인생 변함없이
아내만은 꾸준하게 돌보아 그 회복을
지켜준 현모양처 도움의 은혜로

2012년 2월 21일

눈물로 이은 사랑

그대여 사랑하오 그대를 남겨놓고
떠나는 이 내 몸은 그 모습 볼 수 없어
그리움에 그대 생각 잊을 수 없으리오
너무도 보고 싶어 한없이 서글퍼

이 몸을 사랑하여 청춘을 눈물로써
보냈던 그대 모습 잊을 수 없으리오
사랑이란 무어길래 그대를 아프게 해
지나간 사연들의 추억이 맘 아파

그대를 남겨놓고 떠나는 이 가슴은
너무도 그리움에 서글퍼 눈물되어
가슴 아파 참으려니 한없이 괴로우리
외로운 그대 찾아 눈물을 닦으리

흘러간
젊은 시절

사랑해 당신만을 남기고 병상으로
떠난 몸 잊으려고 하여도 보고 싶네
그 사랑을 안아 주련 그대를 누가 돌봐
서글픈 그 삼십 년 고생이 은혜로

흘러간 세월 속에 손잡고 사랑한
그 은총 못내 아쉬움으로 남는 사랑
지난 세월 흘린 눈물 어찌해 보답하리
떠나간 그 세월은 가슴이 아프리

2012년 3월 20일

정으로 살으리

어린 시절 어머님을 여의고 산
모정 없이 할매 슬하 살아온 아내
나를 위해 모진 고생 참으며 살아온
그 세월은 서글프게 그 세월은 서글프게
어찌하오리

당신 위해 진실 사랑 도우며 살리
지난 세월 허무하게 보내던 이 몸
어찌하면 당신 위해 도움이 될는지
그대 은혜 죽어서도 그대 은혜 죽어서도
어찌 잊으리

생각하니 사랑해 온 세월이 짧아
언제라도 아내 고생 위로가 될지
피땀 흐른 현모양처 그 누가 알으리
안아 주며 사랑으로 안아 주며 사랑으로
진정 도우리

흘러간
젊은 시절

서로 돕고 웃으면서 못 산 여인

나의 인생 생각하면 험난한 세월

잊지 못할 당신 사랑 가슴만 아프리

남은 여생 후회 없이 남은 여생 후회 없이

어찌 살으리

2012년 4월 7일

눈물의 나의 사랑

사랑스러운 아내만을 언제나 사랑하리라
서로 믿고 진실하게 살아가련만
아내를 위해 언제나 변함없이 사랑하리라
잊지 못할 지난 사연 모진 고생 어찌 잊으리

비가 오고 눈이 와도 영원히 변치 않으리
나를 위해 모진 고생 그대 힘 되어
병상의 긴 세월을 생각하면 눈물만 나리
아내만은 나의 생명 지켜주신 현모양처여

바람 불고 눈이 와도 이 가슴 영원하도록
그대 사랑 변치 않아 어찌 잊으리
사랑해 사랑하리라 아내만은 어찌 잊을까
변함없는 그대 성심 나의 생명 구원하리라

흘러간
젊은 시절

보고 싶고 그리웠던 아내를 두고 떠나는
이 마음은 야속하고 원망스러워
사랑은 너무나도 아내에게 슬픔을 주어
언제라도 아내 위해 희로애락 되게 하리라

참고 사나 하고 싶은 사랑의 그 메시지를
우리 서로 이해하고 남은 여생을
따뜻한 사랑으로써 그리움을 달래가면서
사랑하는 아내 위해 후회 없는 황혼길 되리

2012년 4월 18일

사랑이 뭐 길래

사랑이란 뭐 길래 이 가슴 너무나 아파
진실 사랑 나의 생명 구원하려고
나 위해 고생 사연들 변함없이 아내 희생을
하루라도 잊지 않고 영원토록 사랑하리라

사랑이란 뭐 길래 이렇게 내 운명 때문
모진 고생 변함없이 노력하는지
그 은혜 잊을 수 없어 자나 깨나 그 여인 생각
살아있는 이 가슴에 아내만은 잊지 못하리

사랑이란 뭐 길래 그렇게 고생하려나
나를 위해 아내 사랑 눈물 되오리
아내의 진실 사랑 어찌하여 잊으오리까
그리움에 사무쳤던 아내 은혜 어찌 모르리

흘러간
젊은 시절

사랑이란 뭐 길래 참으려 하오니
그 사랑을 불러 봐도 대답 없으리
사랑의 진실 추억은 이 몸 때문 눈물 흐르리
그대 마음 변함없이 영원토록 항상 사랑해

사랑이란 뭐 길래 아내의 진실 사연들
그리웠던 내 사랑을 누가 알리
아내는 괴로움에도 참아야 할 우리의 사랑
모진 고생 몸을 바쳐 이 몸 위해 살아왔으리

2012년 4월 19일

나는 그대 위해

사랑하는 그 사람의
눈가에는 이슬이 맺어
나는 정말 가슴 아파
그리움을 어찌 잊을까
모진 고생 그대를 위해서라면
언젠가 사랑하리
사랑만은 서로 믿어야
그와 내가 같이 살으리

꿈이 없는 저를 위해
보살피며 살아온 아내
나는 그대 잊지 못해
내 가슴은 항상 그리워
언젠가는 그대 위해서라면
꿈인들 잊지 못할
그리움을 어찌 잊으리
나는 그대 위해 사랑을

2012년 4월 28일

흘러간
젊은 시절

나의 삶

어릴 때 꿈속에서 살았던 푸른 꿈이
사라져 성장 없는 삶을 위해 노력하듯
언제나 희로애락 일구려 살아왔던
내 인생 가여우며 정의롭게 그를 위해

세월은 나의 삶이 병마에 헤맸던
우리의 청운 꿈도 사랑에는 거품되어
삶이란 사랑에서 성장된 인간 행복
영원한 진실 사랑 어떻게 보답하리

지난날 꿈속에서 살아온 그대 꿈을
언제나 진실 위해 살아왔던 그대만을
믿으며 살아온 이 세상을 원망해도
나에게 변함없는 그대 사랑 해로하리

그리운 나에게는 그대를 사랑하리
우리의 삶을 위해 노력해온 그대의 정
꿈인들 잊지 못할 그대의 사랑이오
언제나 변치 않고 그대 위해 살리라

불행한 나의 삶은 도움이 되지 않아
우리의 백년해로 변함없이 실천하리
나의 꿈 가시밭길 그 누가 알아주랴
힘들고 괴로워도 참아가며 살아가리

2012년 6월 6일

흘러간
젊은 시절

우리의 살아온 길

신혼에 부풀었던 우리의 사랑
뜻밖에 찾아 들은 병마 때문에
우리들 신혼 꿈은 산산조각에
힘없이 살아지던 우리들 인생
아내의 눈물은 병든 이 몸을

말없이 오래오래 돌봐주었던
긴 세월 참아가며 지켜온 그대
언제나 변함없이 살아주었던
그대의 모진 고생 아픈 가슴을
꿈인들 그 정성 은혜가 되리

신혼의 삼 개월은 진실의 사랑
이 몸은 그대에게 괴로운 꿈을
말 없는 모진 고생 그대를 보며
그래도 변함없이 떠나지 않고
살아온 진실한 현모양처여!

지나간 세월들은 야속하지만
살아온 사연들은 잊지 못하리
이 몸이 서글펐던 세월들이여!
신혼의 우리 삶은 어찌되려나
기적을 바라본 은혜의 소망

세월이 흘러가나 마음이 아파
언제나 그대 고생 어찌 보려고
그리움 잊지 못할 진실 사랑을
영원히 믿음으로 서로 도우며
살아온 우리들 사랑이 되리

2012년 7월 15일

흘러간
젊은 시절

그리움에 살아온 당신

세월은 술래처럼 말없이 돌아가고
아내는 서글프게 그 세월을 보냈으리
나를 위해 모진 고생 참으며 살아갔던
지난날 생각하면 눈물만 흐르리

외로이 서글프게 살아온 지난날들
언제나 생각하면 그리움을 잊으리까
두고두고 사랑하며 믿어온 그대에게
그렇게 아픈 마음 어떻게 보답을

야속한 지난 세월 그대의 그리움에
언제나 희로애락 모르면서 살아가던
진실 사랑 기적 속에 이 생명 살려보려
고생한 그대 보며 진실한 내 아내

이 가정 위로하며 살아온 그대 마음
보고파 불러봐도 대답 없는 진실 사랑
이 생명을 살려보려 돌보던 현모양처
고생한 그 은혜를 어떻게 갚으리

2012년 8월 6일

흘러간
젊은 시절

그대여! 살펴다오

그리웠던 그대를 기다려도 소식 없어
보고 싶은 그리움을 정말로 모르시나 봐
언제나 그대 사랑 잊지 못할 그리움에
그대 없이 살 수가 없으니 살펴다오

야속했던 세월은 그대만을 슬프게 해
말 못하는 이 가슴은 언제나 변함없으리
푸른 꿈 펴보지 못한 마음 한이 되어
그대 없이 살 수가 없으니 살펴다오

우리들의 신혼에 따뜻한 정 백년해로
변함없이 꾸준하게 살아갈 진실한 사랑
고생을 저버린 끊임없는 인생의 은혜
그대 없이 살 수기 없으니 살펴다오

2012년 8월 10일

이 생명의 은혜를

세월이 흘러가도 이 마음은 변치 않아
사랑했던 그리운 그대 이 몸이 어찌 모르리
언제나 잊을 수 없는 그대의 진실한 사랑
살고 있는 이 생명의 은혜를 어찌 잊으리

지나간 그 사연들 그대 위해 몸부림을
사랑했던 그대 소식이 언제나 정말 그리워
그대의 모진 고생 생각에 절로 눈물이
안타까운 이 생명의 은혜를 어찌 잊으리

이제는 황혼길에 그대만의 건강 위해
살아가는 이 몸은 항상 그대에 도움이 못돼
지나간 독수공방 그리운 한스러운 사랑
살고 있는 이 생명의 은혜를 어찌 잊으리

2012년 8월 24일

흘러간
젊은 시절

흘러간 병상 삼십 년

괴롭구나 슬프구나 참아야 하나
양폐중증 삼십 년 세월
불철주야 모든 고생 지난 세월
그 얼마나 서글펐으리
남은 여생 우리 부부 건강 주소서
흘러갔던 모든 추억
그대의 도움이 되지 못해 이 내 마음
원망스러운 인생 서러워

그리워도 아쉬워도 말이 없었던
괴로웠던 삼십 년 세월
원망하고 통곡했던 세월들은
그 얼마나 고달팠으리
남은 여생 우리 부부 건강 주소서
그리웠던 이 내 사랑
그대에 도움이 되지 못해 이 내 마음
서글펐던 인생 괴로워

살려보려 아내 고생 이 내 마음
기적 속에 삼십 년 세월
병원마다 사형 언도 살던 인생
그 얼마나 두려웠으리
남은 여생 우리 부부 건강 주소서
야속했던 지난날들
그대에 도움이 되지 못해 이 내 마음
보답 못한 인생 한스러워

2012년 9월 20일

흘러간
젊은 시절

사랑하는 아내의 병상을 보며

지난 2012년 10월 5일 감기로 서울삼성내과의원에 갔던 아내는 뜻밖의 폐렴으로 진단을 받고 입원을 요했으나, 10월 6일 사랑하는 아들 결혼 때문에 입원을 미루고 아픈 몸으로 음식 준비에 전념하는 모습을 보는 순간 언제나 초지일관 가정과 가족만을 생각하는 고마운 그 모성을 어느 누가 알아주리!

그래도 얼마 남지 않은 여생의 황혼길에 있어 이제 몸도 생각하고 그동안 피와 땀, 눈물로 고생했던 모든 일들이 마무리되어 가니 소원 성취로 행복의 즐거움으로 살아야 하는데 지금도 가족들의 뒷바라지 미련을 버리지 못하고 쉴 새 없이 고생하다 급성 폐렴으로 병상의 신세가 되니, 사랑하는 아내 모습이 너무나 가여워 처량하게 보이네. 그래도 다행히 신속 치료로 폐렴의 위험을 넘어 폐쇄증까지 가지 않았구려. 연합방송에까지 나올 만큼 위험했던 폐렴은 회복길에 있다 하니, 무엇보다 반가운 일이네. 이제는 건강을 위해 노력해야 할 것으로 보며 아내의 병상을 보는 순간 양폐중증으로 슬픔과 사랑을 억제하며 살았던 지난 세월의 한과 허송세월하였던 긴 삼십 년 병상의 아픔이 주마등처럼 하나, 둘 문득 머리에 스쳐 가네. 울분과 괴로움에 헤맸던 그 시절 한 번도 따뜻한 사랑으로 아내를 안아 주지 못하고 지낸 아쉬움이 너무 서글픈 한으로 남았으니….

아내는 한세상 고생으로 보냈던 일들이 마무리되어 가니, 속히 건강을 회복하여 편안한 마음으로 보람을 느끼며 지내다 떠나야 원한도 슬픔도 없을 것 같소. 무엇보다 속히 회복되어 희로애락 속에 사시다 미련 없이 떠나기를….

부디 사랑하는 아내여! 회복되어 오래오래 건강하소서!

2012년 10월 9일

흘러간
젊은 시절

우리 가정을 책임졌던 당신

울며불며 서글펐던 지난날 생각하니
괴롭던 긴 삼십 년 그 병마로 힘들었던
사연 속에 아내만을 생각해 살아오던
그 세월 돌본 은혜 고맙게 여기리

모진 고생하며 힘들게 살았던 아내였지
알면서 도움 못 줘 생각하니 원망스러워
아내 진심 불처주야 이 가정 가족 위해
살았던 그 고마운 은혜로 살으리

살아보면 짜증 나도 참으며 살던 아내
고생을 마다치 않고 항상 나를 돌봐주던
현모양처 어진 마음 그 누가 알았으리
언제나 아내 생각 이 마음 행복해

원망스러운 그 추억을 이제는 믿어보리

언제나 나를 위해 모진 고생하며 사는

눈물겨운 아내 생각 언제나 서글프리

이제는 남은 여생 우리의 건강을

2012년 10월 28일

흘러간
젊은 시절

꿈이 사라졌던 병상

세월은 흐르고 흘러서 황혼의 산수(傘壽)

좁은 이 가슴 병마로 사형 언도 어찌 꿈이 있으리

꿈은 떠나 못 오는 한 많은 세월

긴 삼십 년 원한에 사무친 기적 위해

고통의 아픔을 생각하면 너무 괴로워

젊음을 송두리째 도둑질당한 허송세월

기억조차 하기 싫은 원망스러운 그날들의

서글펐던 사연들에 이 몸 눈에 이슬이 되리라

야속한 세월은 흘러서 파뿌리 인생

신혼 삼 개월 즐거운 그 시절의 행복은 무너지고

인정 없는 병마에 고통받으니

기적 속에 살아온 가여운 우리 부부

어찌해 혹독한 고통들을 받아야 하고

죄 많은 우리 인생 감당해야 하는지를

생각하니 아픈 가슴 후회되고 병든 몸이

원망스러워 참으려니 이 몸 눈에 이슬이 되리라

2012년 11월 6일

우리 버리고 떠난 청춘

그대와 백년가약 원앙 앞에 맺었으리
희망했던 청운의 꿈은 병마로 산산조각
물거품되어 사라진 야속한 그 운명되어
힘들었던 그리움에 사랑의 한이 되오리

그리운 우리 부부 사랑으로 백년해로
언약하여 결혼하련만 병마로 양폐중중
별거로 젊은 청춘 버리고 살았던 세월
서글펐던 그 고생이 은혜로 구원되리라

사랑은 청실홍실 화촉 밝혀 맺었노라
변함없이 나를 위해서 돌보던 현모양처
청춘은 무심하게 우리를 버리고 떠나
괴로움에 고생하던 그 여인 사랑하리라

흘러간
젊은 시절

그리워 사랑하던 그대 보면 마음 아파

잘 살려고 결혼했지만 병마로 병상에서

항상 살아왔던 청춘은 말없이 흘러

괴로웠던 우리 부부 그 인생 눈물되오리

2012년 11월 8일

지난 괴로운 사랑

그리움에 마음 아픈 지난날
뜨거운 사랑 체온 가시기 전에
병마로 냉정하게 별거되던
그날의 무너진 꿈 한이 되고
언제나 괴로웠던 그날들이
힘없이 살아졌던 모진 인생
사랑의 그 은혜로 살으리

지난 세월 힘들었던 괴로움
언제나 가슴 아픈 모진 고생들
참아 온 우리들의 힘든 세월
그 세월 한이 되어 살아왔던
보고파 그리움에 사랑으로
그 진실 우리들의 믿음 되어
살아온 그 은혜로 살으리

흘러간
젊은 시절

날이 가고 달이 가도 그 진실

힘 되어 살아왔던 삼십 년 세월

그 고생 참으면서 살아가던

지난날 모진 고생 이 가슴에

사랑이 되리라고 믿어왔던

지난 세월 괴로웠던 추억되어

언제나 그 은혜로 살으리

2013년 4월 30일

기적을 믿어보리라

소중했던 여인 두고 떠나려니
걸음이 떨어지지 않아
건강 위해 그 병상을 찾아가려니
언제나 보고 싶은 그리움에
회복되어 그대 곁에 가려고
병세가 차도 없어 조바심 나네
기적을 믿어보리라

사랑했던 그대 두고 떠나려니
너무도 가여워서 마음 아파
그대만을 두고 떠나 서글퍼지나
내 사랑 소중함을 간직하고
회복하려 병상으로 가려니
그대가 상상되고 미래가 보여
기적을 믿어보리라

2013년 5월 10일

흘러간
젊은 시절

님을 위해 살아온 은혜

지나간 세월 잊지 못할 그 여인 사랑하기에
술래처럼 돌고 돌아 말없이 흘러가지만
언제나 피땀 흘려 살아온 그 여인 모습
가물거려 보고 싶은 그 세월 어찌하리

세월이 흘러 말이 없는 그 여인 믿어 보려고
구름처럼 흘러가도 진실한 그 사람에게
언제나 변함없는 그 사랑 간직하려고
불철주야 모진 고생 그 세월 어찌하리

흘러간 옛날 고생했던 그 여인 그리워하며
괴로웠던 그리움들 사랑에 서글픈 사연
아무리 생각해도 사무친 괴로움에는
추억으로 흘러갔던 그 세월 어찌하리

지나간 세월 생각해보니 그리워 불러보아도
대답 없는 야속했던 그 세월 그리운 사람
그리워 보고 싶어 불러본 이 가슴에는
변함없이 찾아드는 그 세월 어찌하리

2013년 7월 12일

흘러간
젊은 시절

그 은혜 이 생명을

옛 세월은 흘러가고
그대 만나 백년가약 하나
푸른 꿈 펴보지 못하니
너무나도 힘든 괴로움 속에
상상하면 할수록 가슴 아프나
언제나 이 생명을 살폈으리

지난 세월 그리움을
흘려 보낸 아픈 가약으로
희망은 산산조각되어
그대 삶을 너무 힘들게 한 몸
병상 생각 그 아픔 용서하지 마소서
언제나 이 생명을 살폈으리

지난날들 행복 없이
가엽게 사는 백년해로
언제나 그대 슬프게 해
사랑 위해 진실 위해 살아온
모진 고생 은혜로 회복되리라
믿어온 이 생명을 보살피리

2013년 12월 18일

흘러간
젊은 시절

우리의 신혼 삼십 년

그대가 그리워 보고 싶어
삼십 년 모진 고생 우리들 신혼
병상에 외로움 참아오던
언제나 나를 울린 그날들의
생각이 서글퍼져 슬프리

그대가 그리워 보고 싶어
삼십 년 별거했던 우리들 신혼
병마에 시달려 괴로웠던
우리 꿈 송두리째 가져갔던
그 세월 눈물되어 아프리

그대가 그리워 보고 싶어
삼십 년 괴롭히던 우리들 신혼
병원들 차도 없어 사형 언도
운명은 재천으로 보살펴준
사랑의 기적으로 소생을

2014년 2월 26일

지난 사연들

옛 세월은 우리들 백년가약을
맺어준 괴로운 날들 우리의 서글픈 신혼
언제나 말도 못하고 살았던 괴로운 세월
그 사연 주마등처럼 이 가슴 스쳐 가오
너무도 서글픔은 우리를 울리네

지난 세월 우리의 백년해로를
믿었던 우리들 꿈은 병마로 산산조각에
물거품 되어 버렸어 그때를 상상하면은
너무도 참을 수 없는 괴로운 우리 사랑
뜨거운 눈물되어 우리를 울리네

지난 옛날 내 사랑 그리웠으리
언제나 모진 고생을 견디며 살아가려니
그리워 기다려지는 그 사랑 보고 싶지만
참아야 만날 수 있는 그대가 보고 싶네
너무도 그리움에 우리를 울리네

2014년 3월 30일

흘러간
젊은 시절

그 은혜로 살았으리

지나간 그 세월은 말없이 흘러
인생답게 살아보려 맺은 언약은
불행히도 찾아든 그 병마 때문에
사랑의 푸른 꿈은 산산조각나
지나간 모진 고생 잊지 않으리

지나간 그 세월은 말없이 흘러
살고 싶은 꿈들 맞아 살아진 그때
당황하는 그 여인 위로하지 못하고
사랑에 아픈 가슴 나를 울리네
언제나 생각하기 싫은 그 세월들이

지나간 그 세월은 말없이 흘러
젊은 시절 지난 신혼 뒤돌아뵈도
그리움에 보고파 아픈 이 가슴
그 여인 도움으로 살아온 이 몸
언제나 그 은혜를 잊지 못하리

2014년 4월 10일

초라해진 모습에

인생으로 태어나서 꿈 한번 펴지 못한
가여웠던 우리 인생 너무나 괴로워
그 사연들 쓸쓸하게 보이는 내 신세가
원망스러운 지난날의 후회로 아픈 마음
잊지 못해 초라해진 그 모습 가여우리

인생으로 살아보려 맺었던 백년 언약
보람없이 불행하게 찾아든 병마들로
마음 아픈 별거되어 살아갈 그대 모습
변함없이 그리움에 이 몸을 살펴주던
보람 마저 초라해진 모습들 가여우리

인생답게 살고 싶은 그 마음 꿈이었든
지난날이 아쉬우며 살아갈 그대 보면
모진 고생 상상되어 언제나 가슴 아픈
그대 마음 위로 못해 염려된 이 내 마음
보람없이 초라해진 그 모습 원망되리

2014년 6월 23일

흘러간
젊은 시절

살아온 그대 보며

보람 찾아 성혼을 하였으리
그 세월은 말없이 흘러가고
사랑으로 서로 믿고 살아보려는
지난 신혼 병마들이 찾아들어
그 행복은 산산조각 사라지고
한이 된 그 별거로 맘 아프리

보고 싶고 그리운 그대 보며
병상으로 떠나는 내 마음은
갈기갈기 찢어지던 아픈 마음
부여잡고 위로 못한 내 인생에
두고두고 아픈 상처 잊지 못할
서글픈 그 세월이 나를 울려

지난 세월 살아온 그리움을
생각하면 언제나 아팠으리
변함없이 우리 가정 생각하던
고마웠던 모성애로 피땀 흘려
고생했던 현모양처 기적 속에
고달픈 삶을 위해 살았으리

2014년 7월 7일

흘러간
젊은 시절

우리의 운명인걸

세월은 흘러 흘러가네
행복했던 그 시절에 찾아드는
병마의 아픔을 회복하려고
그대 두고 가려던 그 병상
찾아가려니 발걸음이 떨어지지 않네
그대가 보고 싶고 보고 싶어도
건강 찾아 함께 살아보려 그 별거
우리 미래의 사랑 위해서 감수하려니
우리의 운명인 걸 어찌하리

세월은 돌고 돌아가네
사랑하며 행복하게 사는데
뜻밖에 찾아든 병마 때문에
그 꿈은 물거품 되어서
사라져 가는 보람 없는 그 허송세월도
그대가 그리워서 보고 싶어도
건강회복 서로 참고 사는 아픔에
살기 힘들어 눈물 보이는 서글픈 그대
우리의 운명인 걸 어찌하리

2014년 8월 25일

흘러간
젊은 시절

불행했던 우리 신혼

지난 세월 사랑스러운 행복 찾아 살아보려
결혼하였건만 뜻밖에 찾아든 그 병마로
사랑하며 소중하게 행복을 생각했던
그 꿈들이 일시에 물거품되어 산산조각
사라져 가고 이 몸은 그대에게 짐이 되어
모진 고생만 안겨주는 불쌍한 내 신세 되어
항상 울리고 괴롭히던 나의 용서를
그대 은혜 죄책감에 가슴 아픈 삶이 되리

지난 신혼 행복만을 기억했던 우리 결혼
어찌 삼 개월만에 병상 신세로 우리에게
불행의 비극이 찾아올 줄 누가 알리
따뜻한 온기가 사라지기 전에 우리에게
상상할 수 없는 그 병마로 떨어지기 싫은
그대에게 별거라는 서글픈 삶이 될 줄이야
떨어지지 않는 그 발걸음 병상으로
떠나가 기적 찾아 회복 위해 감수하리

지난 옛날 행복해야 하였건만 서글펐던
그때 생각이 자꾸만 눈물되어 흐르네
그대가 살아온 피와 땀으로 은혜되어
그 기적 고마움을 간직하고 살아가리라
자나 깨나 아파도 모성의 그 가족사랑은
관절통에 잘 걷지 못한 그대 모습을 보려니
언제나 현모양처 모성애를 느끼며
남은 여생에 회복되어 소원성취하소서

2014년 9월 15일

흘러간
젊은 시절

언제나 보고파

그리워 그 여인 사랑하여도
언제나 보고 싶어 기다리던
그 사랑 내 가슴에 있어도 행복을
줄 수 없어 자나 깨나 너무나 가여워
생각하면 이 가슴에 한으로 남으리

흘러간 그 세월 원망스러워
보고파 기다려도 마음 아파
그 사랑 볼 수 없는 삼십 년 괴로움
변함없는 아픈 가슴 어떻게 도우리
사랑 못한 지난 세월 속죄로 살으리

보고파 언제나 그리워하며
그대를 사랑하며 안아 주지
못했던 후회스러운 그 사랑 아쉬워
진실 사랑 주지 못한 죄 많은 내 사랑
남은 여생 황혼길에 속죄로 삼으리

2015년 1월 5일

도움으로 사는 인생

어느덧 세월은 흐르고 흘러
그대와 백년가약 맺은 지도
벌써 오십삼 년이란 세월이
술래처럼 돌고 돌아가련만
꿈 한번 펴보지 못하고 흘러간
그 세월은 한이 되어 아프게 하리

인생으로 태어나 인생답게
살지 못해 그대가 모진 고생
살아온 지난날들이 한없이
원망되나 가장으로 태어나
한 번도 자녀들에게 내 도움을
주지 못한 아픈 신세가 후회되리

흘러간
젊은 시절

인생으로 살지 못한 지난날
문득! 주마등처럼 스쳐 가며
내 가슴 몹시 아프게 흔들어
언제나 안아 주지 못한 사랑
그렇게 고생한 여인 생각하면
생각할수록 죄책감이 들곤 하리

요즈음 아픈 몸에 안산 갔다
밤에 와 괴로워 하는 그 모습
더욱 가슴 아파 내가 건강한
몸으로 가장 돼 살았다면
그대가 고생 없이 살았을 텐데
이렇게 그대 도움으로 사는 인생

2015년 1월 5일

2부
우리 부부가 살아온 길

꿈 없이 살아온 인생

그 세월이 유수처럼 흘러 흐르네
우리 성혼 뒤돌아보니
뜨거운 사랑에도 찾아든 병마 때문
별거까지 이루어진 내 신세
꿈 없는 병상으로 괴로운 삼십 년
어찌 잊으리! 지난 그 세월을

지난 세월 술래처럼 돌고 도는데
살아온 그 모진 고생
언제나 상상하면 내 눈가에 맺은
서글픈 이슬 말없이 흘러내리네
언제나 가슴 아픈 괴로운 삼십 년
어찌 잊으리! 지난 그 세월을

2015년 1월 27일

흘러간
젊은 시절

기다린 내 사랑

一. 그리움에 그 사랑 잊을 수가 없으리
　　보고 싶고 그리움도 불행한 그 병마에
　　당황 속에 별거 돼 행복했던 푸른 꿈은
　　물거품 되어버려 괴로운 내 신세여!

二. 고향에다 남긴 채 떠나려니 맘 아파
　　독수공방 긴긴밤에 살아갈 내 여인을
　　생각하면 가여워 이 가슴이 서글프리
　　삼십 년 병상에서 돌봐온 그대 은혜

三. 그리웠던 세월은 무심하게 흐르리
　　소식 없는 그여인이 언제나 보고 싶어
　　자나 깨나 내 사랑 기억 속에 간직하고
　　병든 몸 그대 고생으로 완쾌되리

2015년 3월 7일

그대의 은혜

그대에 마음 주고 사랑 주며
언제나 도움 없이 살 수 없는 몸
그대와 백년가약 맺었으나
행복 없는 모진 고생 어찌하나
피땀으로 살아난 기적 그 은혜 지키리

그 눈물 감추려고 하늘 보며
그 여인 사랑 못해 죄책감으로
사는 나 못 버리는 그 여인에
백년해로 도움으로 변함없는
그대 사랑 은혜 되어서 이 생명 살으리

그대의 마음 상처 행복 찾아
언제나 눈물 주고 희생되는
그 마음 소중하게 지키려고
모진 고생 남은 여생 회복되어
자녀들의 화목한 모습 보시다 떠나리

2015년 3월 15일

흘러간
젊은 시절

고생했던 그 여인

지난 세월 아쉬웁게 괴로움만이
찾아든 원망스러운 그 지난날
생각하면 사랑스러운 그대만은
변함없이 내 손 잡아주던 여인
행복 없이 얼룩졌던 지난 세월들

흘러가는 그 세월에 사연을 남겨
불행했던 지난날들 원망스러운
가슴 아픈 그 별거는 잊지 못할
내 인생에 한을 남긴 그 병상은
언제봐도 불행했던 아픈 그 세월

술래처럼 그 세월이 돌아가련만
나를 믿고 살아가는 그 여인은
행복 없이 괴로움을 참아가며
살아왔던 진실 사랑 모른다면
내 생애에 죄를 짓는 인생이 되리

2015년 3월 15일

변함없는 내 사랑

말 못한 지난 세월 행복하게
살아보려 백년가약 맺었건만
불행하게 찾아들은 병마로 그 신혼
삼 개월만에 별거되어 행복했던 꿈은
산산조각에 물거품 돼 사라져 가련만
당신의 마음에 상처 너무 괴로워

야속한 세월 속에 당신 두고
병상으로 가려 하니 발걸음이
떨어지지 않는구려 회복을 위해서
괴로움을 찾아가는 초라해진 모습
당신을 보며 떠나려니 너무 가슴 아파
눈물이 앞을 가리여 서글퍼지네

흘러간
젊은 시절

그 세월 무심하게 흘러
그리움에 병상에서 상상하니
나를 위해 참고 살던 외로운 그 여인
행복 없이도 사랑 위해 그리움 찾으려
이 몸 위해서 사랑하듯 행복을 위해서
내 여인 진실 사랑을 믿으며 살리

2015년 3월 18일

그리운 여인

그 세월 유수처럼 흘러 흘러
그대 없이 살아갈 수 없는 이 몸
자나 깨나 보고 싶은 여인이여!
언제나 상상해도 잊을 길 없어
간직했던 그대 사랑 몹시 아프리

그 세월 구름처럼 사라져 가네
그대 없는 이 세상은 의미 없어
모진 고생 상상하니 마음 아파
한스러운 그대 사랑 이루어보려
그대 위해 노력해도 돌볼 길 없네

지난날 바람처럼 사라져 가도
변함없이 언제든지 돌보아 준
그대 사랑 이 가슴에 간직하고
살아온 모진 고생 어찌 잊으리
이제라도 지난 아픔 용서 비오리

2015년 3월 21일

흘러간
젊은 시절

얄궂은 그대 사랑

그 세월은 흘러 흘러 가리라

사랑과 행복 위해 성혼으로

부부로서 행복했던 그 삼 개월

진실한 사랑을 남기고 별거로

그리워하며 쾌유만 기다리던 병상

따뜻한 체온 받지 못하는 그대 보며

보고파도 안아 줄 수 없는 마음 괴로우며

고생만 안겨준 이 몸은 죄책감만 들어

한스러운 인생으로 어찌 그대에게

용서를 바라오리! 그대 건강을

지난 그때 흘러가던 그 세월

사랑이 뭐길래 아프게 하나

행복 없이 살아가는 그대 보면

언제나 나 때문 고생해 안쓰러워

보고 싶어도 가여운 그대 생각 더욱

행복을 안겨 주지 못해서 마음 아파

그리워도 고생하는 그대 모습이 너무 싫어

그대여! 그 사랑 그 행복 이뤄주지 못해

죄스러운 인생으로 어찌 살아가리

희생된 그대 이 몸 용서 마소서!

2016년 1월 10일

흘러간
젊은 시절

행복 없는 그리움

그 세월은 무심하게 흘러 돌아가리
사랑과 행복 위해 백년가약 하나
얄궂은 인생으로 불행하게 별거까지
병상에서 그리움을 달래야 하는 그 심정
내게 무슨 죄가 있어 가혹한 벌을
내리는지 알 수 없으리
그대 생각하면 눈물만 한없이 흐르네
보고 싶은 그 마음 누가 알으리

말 없는 그 세월은 돌고 돌아가는데
그 행복 누려 보려 성혼을 했으나
그대가 모진 고생 참아가며 사는 모습
생각하면 죄 많은 나의 탓으로 별거라니
무슨 죄로 어찌 가혹한 형벌까지 내리는지
알 수 없으리 그대 생각하면 눈물만 한없이
흐르며 행복 없는 그 사랑 누가 알리

2016년 1월 26일

흘러간 젊은 시절

一. 지난 그 세월은 미련 없이 흘러 흘러가네
　　인생다운 행복 찾아 그대와 화촉 밝혀
　　그 행복 삼 개월 만에 찾아든 얄궂은 병마로
　　행복했던 신혼도 당황스러운 별거로 맞아
　　일시에 물거품처럼 사라져 가는 그 신세
　　한 많은 세월 우리 운명 남은 여생도 함께 가리라

二. 지난 그 세월이 구름처럼 흘러 돌아가네
　　인생으로 태어나서 사랑과 행복만이
　　꿈인데 그 젊은 시절 병상에서 송두리째 보낸
　　가슴 아픈 사연들이 내 고향의 그곳에서
　　말없이 모진 고생에 눈물 흘리는 그 여인
　　괴로움을 참아가며 행복스럽게 쓴웃음 짓네

三. 지난 그 세월은 술래처럼 돌고 돌아가네
　　인생답게 행복 위해 살려고 하였건만
　　가여운 병상생활의 삼십 년을 되돌아보아도
　　우리 생애 잊지 못할 한스러운 아픈 사연
　　그 누가 알아주려나 원망스러운 한 세상
　　그 괴로웠던 지난날들 생각할수록 마음 아프리

2016년 3월 27일

아내와 같이 한 인도네시아 여행

세월은 어느덧 흘러 계미년 11월 13일 추운 겨울, 아내와 같이 세 번째 외국관광을 하려고 몹시 들뜬 마음으로 서초구민회관에 도착하니 인천공항으로 운행할 버스가 대기하고 있어 아내와 나는 탑승했습니다. 잠시 후 41명 모두 탑승하여 인천공항으로 출발하였습니다. 공항에 도착해서는 이름이 꼬망인 가이드의 안내로 인도네시아행 비행기에 탑승 수속을 완료할 수 있었고, 7시간 더 걸리는 시간을 비행기 속에서 참아야 한다고 생각하니 좀 염려가 되었습니다. 그러나 모처럼 가는 즐거운 관광을 위해 7시간의 비행시간을 감수한 결과, 밤에 인도네시아 발리에 도착하여 꼬망가이드의 안내로 버스에 탑승한 후 숙소로 향했습니다. 숙소에 도착한 후 배정된 침실로 찾아 들어가 몸을 씻고 취침하였습니다. 아침에 일어나 식당에 가서 식사하고 관광버스에 승차한 후, 관광 첫 일정을 시작하였습니다. 관광하면서 느낀 점은 우리나라 자가용에 비해 생활수단으로 사용되는 오토바이가 많았고, 대중교통을 위한 버스가 적게 보였습니다. 대부분 국민들이 힌두교 신을 숭배하는 믿음의 나라였고, 우리나라에서 잘 볼 수 없는 열대

식물의 꽃과 과일 그리고 조류 등을 구경하였습니다. 특히 여행 중에 보이는 인도네시아는 크고 작은 많은 섬으로 구성되어 있는 나라였고, 다른 나라보다 수공업 중 목각 부분이 탁월하게 발달되었음을 앙크롱 악기를 보고 느낄 수 있었습니다. 주로 대나무로 만든 앙크롱 악기는 유치원부터 전문적으로 기능교육을 시켜 국민들에게 생활화되었음을 알 수 있었습니다. 인도네시아에 앙크롱 악기 연주가 잘 보전되고 있는 것은 밤에 거행했던 아크롱 음악연주회를 통해 새롭게 알 수 있었고, 정말 즐겁고 감명받은 음악연주회이었음을 나 스스로 느끼었습니다. 서초 노인 복지원이 중심이 되어 앙크롱 악기의 연주가 우리나라 국민들에게도 보급이 되었으면 하는 마음이 간절하고, 인도네시아처럼 우리나라도 앙크롱 악기 연주가 악보 없이 숙달된 솜씨로 자유롭게 연주할 수 있도록 노력하여 기능적으로 우리 문화와 접목하여 보급이 되었으면 하는 마음이 더욱 간절하였습니다. 끝으로 서초노인복지원이 항상 번영하고 발전하기를 진심으로 기원하오며 많이 부족한 인도네시아 방문기행문을 이만 가름합니다.

2003년 11월 25일

병상 30년, 살아온 눈물겨운 아내

지난 세월 나를 뒷바라지해준 사랑스러운 아내에 대해 글을 쓰고자 한다.

여섯 살 때 어머니를 잃고 할머니 슬하에서 잘 자란 규수가 김제군 봉남면 월성리에 있다 하여 만난 보니 늙으신 우리 부모님을 잘 이해하고 모든 것을 지혜롭게 할 것 같아 더 이상 망설이지 않고 결혼을 승낙하여 처가댁에서 초래청을 치렀다. 한 가정의 책임자로 사랑하는 아내와 같이 살아갈 새 희망에 푸른 꿈을 꾸고 있을 때 군사혁명 총무처에서 광주체신청 복직시험에 응시하라는 회신이 도착하였다. 복직시험 준비를 하던 어느 더운 날 아내가 마당에서 보리이삭을 홀태질하여 바라보고 있을 때 갑자기 악성기침이 이상할 정도로 계속되더니, 각혈이 되었다. 당황 속에 매제가 근무하는 화호병원으로 찾아가 진찰을 하니, 양폐결핵중증으로 진단이 나와 매제와 함께 군산개정 전문요양병원으로 가 입원 수속을 했다. 그때 누구보다 당황 속에 염려할 사랑스러운 아내에게 위로의 말 한마디 못하고 떠나온 나 자신이 원망스러웠고, 무더운 날 보리이삭 홀태질하며 고생하는 아내가 서글픔에 얼마나 애가

흘러간
젊은 시절

탈지 생각 못하고 떠나온 나 자신이 생각할수록 한심스러웠다. 그때 당시 누구보다 몹시 당황하고 있을 텐데 전염병이라 접촉이 어려워 위로도 못하고 야속하게 떠나온 그때를 생각하면 참으로 가슴이 아프다. 신혼의 따뜻한 체온이 가시기도 전 3개월 만에 별거까지 되는 참담한 일이 일어났음에도 불구하고 늙으신 우리 부모님을 모시는 아내에게 미안했다. 병상에 있는 나 때문에 모든 고생을 감수하며 독수공방하는 아내가 몹시 가여웁고 앞으로 외로이 홀로 살아갈 그 모습이 더욱 가슴 아프며 절망감에 어떻게 헤어날지 자나 깨나 염려가 되었다. 아내는 어릴 때부터 농촌에서 바쁜 아버지를 돌보기 위해 들에 나가 풀을 베어 구럭에 담아 집으로 운반하고 소먹이를 주며 힘들게 살아왔다. 착한 아내는 결혼해서도 행복하지 못하고 서글픈 괴로움에 시달린다는 죄책감에 너무도 가슴이 아팠다. 짧은 신혼 시절을 뒤돌아보니 아내가 앞으로 살아갈 고생이 정말 앞이 보이지 않았다.

1년 전 군산개정요양병원에 입원 수속을 해주고 떠난 매제가 찾아와 퇴원수속을 하고 이리중앙의원으로 가자고 하여 따라가니, 매제는 그동안 방치되어 먼지가 쌓인 2층 빈 다다미방으로 안내하였다. 그리고 이곳에 식당이 없어 아내는 내 식사 때문에 간호사 옆방에서 아기와 함께 거주하게 되었다. 1층 검사실로 내려가다 우리 가족이 있는 방을 들여다보니, 우리 아기가 각혈하는 내 모습을 언제 보았는지, 무서워하며

2층 내가 있는 곳에 가지 않겠다고 하여 마음이 더욱 괴롭고 아팠다. 꾸준히 참고 5~6년 치료를 했으나 별스러운 차도가 없자, 큰형님께서도 싫증이 났는지, 내 몫으로 된 논을 매매하여 공주결핵요양병원으로 가라고 한다는 소식을 매제가 전해주었다. 그때 나는 아기와 고생하는 아내가 무슨 죄가 있다고 계속 괴로움을 주어야 하나? 싶어 공주결핵요양병원을 포기하고 눈이 쌓인 추운 겨울날 운명은 재천이란 말을 믿고 퇴원 수속을 했다. 그 후 김제보건소에서 처방약을 받아 치료를 계속했으나, 치료도 여의치 않고 살기가 힘들어 아내는 처가댁이 있는 월성리로 이사하겠다고 하여 우리는 본가에서 분가하기로 했다. 어느 추운 겨울날 마차에 이삿짐을 싣고 이사하여 그때부터 아내는 가정의 모든 책임을 지고 생활비 마련을 위해 불철주야 일했으며, 농사철에는 논밭을 왕래하며 힘겨운 농사일을 하고 시간 여유가 되면 화장품, 옷 등 보따리 행상을 하는 등 어려운 생활비 마련을 위해 쉴 새 없이 일했다. 이렇게 18년 정도 농사를 짓다, 농약 중독으로 두 번 쓰러져 병원에 가서 치료를 받은 적도 있다. 그리고 가을이 되면 벼를 베어 건조시킨 후, 남자들도 힘들어 하는 볏단을 지게로 짊어지고 농로까지 나르는 일을 하였으며, 추수가 끝난 후에는 정미소에서 방아를 찧어 쌀 40kg씩 포장한 후, 밤에 900화물을 이용하여 서울로 운반하였다. 그리고 아기를 등에 업고 쌀 40kg을 머리에 이고 배달할 곳 찾아 힘들게 배달하면서도 오직 사랑하는 가족을 위해 불평 없이 살아왔다. 이처럼 자기를 희생하며 눈물겹게 살아온 아내 역시 사람인지라 농사 짓는 일이 너무 힘들다며 서울로 가자고 하여 아내 따라 우리 가족은 1986년 7월 6일 정든 고향 산천을 두고 상경하였다. 서울에서 거주할 곳이 없어 염려하던 중 아내의 고향 친구 소개로 다행히 법원 아래의 비닐하우스를 구입해 생활하였다. 내 치료 때문에 서초보건소에 문의하였더니 영등포구 당산동 결핵 전문 복십자의원을 알선해 주었다. 1991년 3월 24일 복 십자의원에 찾아가 검진받고 약을 처방받아 복용한 지 약 2년 여 만인 1993년 4월 3일 완쾌 판정을 받았다. 그동안 타 병원 에서 양폐결핵 3기로 판정받아 사형 언도나 다름없어 시한부 인생으로 허송세월 속에 살아온 내가 기적으로 여기던 완치 라니 도저히 이해가 되지 않으면서도 몹시 기뻤다.

병마에 시달린 30년, 양폐 손상으로 숨이 가쁘고 기력이 쇠 진되어 생활에 조금도 도움이 되지 않아 항상 책임질 수 있는 가장이 되지 못해 언제나 아내 볼 면목 없는 인생을 살았다. 그동안 아내는 땀과 피눈물 흘리며 살아왔고 힘들 때마다 여 러 번 죽으려고 했으나, 가족들이 떠올라 참고 자기를 희생하 며 불평 없이 우리 가정을 지키고 보살펴준 현모양처이다. 가 족이라면 고생스러운 모성애를 더욱 유념하기 바라며 언제나 6남매 자녀들의 학비를 마련해 주고 대학까지 무사히 졸업하 도록 보살펴준 그 진심을 어떻게 잊을 수 있으랴. 항상 가족 을 사랑으로 안아 주며 돌보고 있어 무엇보다 감사하고 지난 아내의 모진 고생을 가슴 아프게 여기며 언제나 죄책감으로 살아가고 있으나 황혼이 되어 보답의 길이 없어 괴로우리…. 그 당시 병원에서도 양폐중중 결핵3기로 포기한 나를 버리지 않고 불평불만 없이 보살피며 돌봐준 그 진심과 여린 마음을 하나님께서도 아시고 은총의 은혜를 베풀어 완치가 되었으리라 여기어진다. 그때 만약 아내가 나를 버렸다면 나는 어찌되었을까? 생각하기도 싫은 지난 세월들이여….

몇 년 전 아내는 급성 폐렴으로 위험했을 때도 치료를 미루고 2012년 10월 6일, 6남매 중 막내인 아들 결혼까지 변함없이 보살펴주고 자녀들의 행복을 끝까지 도와준 것에 대해 진심으로 고맙고 감사함을 잊을 수 없다. 얼마 남지 않은 여생 동안 아파 고생하는 무릎관절통이 속히 회복되고 자녀들의 우애 좋고 화목하게 살고 있는 모습 또한 그간 고생한 보람으로 여기며 살다 떠나야 후회도 미련도 없을 텐데…. 나 역시 아내 도움으로 지금까지 꾸준히 약을 복용하고 있으며 아내는 남자들도 하기 힘든 일을 여성으로서 농사일, 쌀 봇짐장사 및 보따리 행상을 하며 우리 가정을 지켜낸 파수꾼이다. 지나간 눈물겨운 아픈 세월들을 어떻게 말로 다 표현할 수 있으랴. 괴로움도 마다하지 않고 가슴 아프게 살아온 아내에게 진실한 가족 사랑과 모성애에 감사할 뿐이다.

우애와 화목으로 가정을 이룬다면 누구나 서로 이해하고 도와서 오래 살아갈 수 있으나, 가정에서 서로 이해하지 못하

흘러간
젊은 시절

고 흔들리는 경우는 한번 뒤돌아보고 조금씩 양보하고 협조하기를 진심으로 바라며 항상 행복한 축복이 함께하기를 기원하오며 이만 끝을 가름한다.

2014년 10월 30일

부도(婦道) 추모비

경주최씨 배위 추모비

부군(夫君)은 김제 함양박씨 토헌공파 27세손 은식 군과

경주최씨 33세손 보배 양이 1963년 3월 12일 성혼을 했으나,

악성기침으로 각혈되어 개정전문요양병원에 입원하여 결핵

양폐중중으로 신혼 3개월만에 별거되어 신혼의 꿈은 일시에

산산조각으로 사라지고

한 맺힌 병상을 긍긍하는 세월도 긴 30년이 흘러 병원에서

양폐중중으로 소생은 시한부 인생이었으나

항상 버리지 않고 변함없이 보살펴준 은혜로 1993년 4월 3일

당산동 복십자의원에서 기적적으로 완치판정이 되었으나

활동할 수 없어

아내는 육남매 자녀들을 위해 지게 지고, 농약통 메고

불철주야 탕진된 가산을 생각해 논밭을 왕래하며

피땀으로 모진 고생하여 자녀들 대학까지 졸업하게 돌봐주신
덕과 인을 겸비한 현모양처의 진실한 신념을 길이길이
귀감이 되도록 추모비에 남기노니 후손들은 각성하고
보존하도록 유념하기 바랍니다.

년　월　일

자: 성민
녀: 미산, 미진, 태숭, 미선, 정민
건립

2012년 3월 22일

3부
흘러간 나의 인생

그리운 내 고향

세월 따라 생각나는 그리운 내 고향의
흙냄새 마시면서 살았던 고향 산천
생각나도 멀고 멀어 갈 수가 없는 김제
언제나 가을이면 그리운 벽골 축제

천고마비 황금물결 더더욱 풍년되어
축제를 보러 가는 길가의 코스모스
만발되어 향기로운 꽃냄새 취해버린
벌 나비 벽골 축제 농경의 꽃이 되리

가을되면 내 고향에 찾아든 황금물결
언제나 논밭일에 들리는 기적 소리
동분서주 전답으로 바쁘게 걸어가는
사람들 피땀되어 벽골의 열매되리

흘러간
젊은 시절

좋아하는 고향산천 그 마음 누가 아랴
기다린 이 가슴에 찾아든 고향 소식
무엇보다 반가우며 언제나 생각나는
내 부모 살던 고향 벽골 축제 가려고

2012년 1월 27일

떨어진 검정 고무신

신혼 시절 결핵으로 병마에 전염될까
그리워도 만날 수가 없어서 마음 아파
부모 모신 아내 마음 떨어진 검정 고무신
신발에 관심 없는 내 부모 원망되리

신혼 세월 말 못하는 한스러운 이 내 마음
사무침을 부모님들 그렇게 모르시나
꿰메 신은 검정 고무신 더더욱 보란듯이
신어도 새 신발을 사주지 않았다네

병상 세월 원망스러운 그리운 아내 생각
그렇게도 착한 아내 어찌해 모르시나
안아 주고 보살피면 얼마나 좋았으리
나 낳으신 우리 부모 섭섭한 마음 드네

흘러간
젊은 시절

검정 고무신 슬픈 사연 아내의 진실 몰라

너무나도 가슴 아파 더욱더 보고 싶어

기다리며 기적만을 믿으며 참아 보려

병상에 허송세월 한이 돼 마음 아파

2012년 1월 28일

소중한 우리말과 글

우리 선조들은 일제 강점기 때 소중한 우리말과 글을
빼앗기어 36년간 일본 식민지하에서 혹독한 고생을 했지만,
국민들은 고귀한 우리나라를 찾으려고 독립운동을 하였네.
싸우다 희생된 그들 역시 단일민족 단군의 피를 이어받아
우리 선조들의 피를 온 누리에 뿌렸네.
우리말과 글을 찾으려고 목숨을 버린 선조들의 의로운 피는
우리 민족에게 용기를 주어 일본군 총칼도 무섭지 않았네.
단결된 마음으로 최후 일인까지 싸울 각오로 임하는
우리에게 세계 연합국도 힘을 합쳐 일본 제국을 항복시키고
연합군 승리로 우리나라는 해방되고 독립되었네.
위대한 세종대왕께서 우리 국민을 위해 창제한 훈민정음은
우리의 말과 글이 되어 서로 소통할 수 있는 언어가 되었네.
총명한 우리 국민들의 두뇌로 전자산업, 기계 등을
개발하여 세계에 알리게 되니 현재 베트남, 인도네시아 등
아시아 여러 나라 국민들이 근로자로 우리나라에 오려고
수백 명씩 한국어 시험 준비에 열중하는 모습을 방송으로
들을 때면 백의민족의 뿌리인 내가 대한민국 국민으로

흘러간
젊은 시절

태어난 것이 자랑스럽고 우월감이 든다.
우리는 선조들의 덕택으로 행복한 시대에 살고 있음을
상기하며, 앞으로 우리말과 글을 더욱 소중히 여기는
국민들이 되었으면 하는 심정으로 알리오니 부족한 점이
있으시더라도 사랑으로 여기고 안아 주기를….

2012년 3월 29일

고생하는 우편 배달원

비가 오나 눈이 오나 희소식 들고
집집 마다 방문하는 우편 배달원
진심으로 고마운 우리 희소식
웃음으로 받아주고 기뻐해 주소

바람 불고 눈이 와도 우편 배달원
변함없이 편지 들고 가정 방문해
웃음으로 전해 주는 희소식들이
사람들의 희로애락 되었으리라

좋지 않은 날씨에도 전해주려고
가정마다 방문하는 우편 배달원
저 역시도 27세 때 의성우체국
우편 담당 그 시절에 성실했을까?

흘러간
젊은 시절

엄동설한 희소식을 전해주려고
가정마다 방문하는 우편 배달원
사랑으로 웃으면서 받아주면은
고생하는 우편 배달 기뻐하리라

우편 담당 내가 할 때 친절했을까?
이제라도 그들에게 잘못했다면
용서받고 싶어져서 사죄를 비오
우편 배달 모진 고생을 알아주소서

2012년 4월 24일

뚱보할매 국밥

중앙의원 이층 병실
조용하고 정막 흐르는
다다미방 누워있다
점심때면 내가 찾아간
중앙시장 돼지 국밥 할매집
언제나 반가워서
뜨끈뜨끈 국밥 한 그릇
차려주면 정말 진국이여!

땀 흐르는 돼지국밥
찾아드는 손님 따뜻이
정성 들여 맞아주는
뚱보할매 몹시 안쓰러워
시한부로 사는 내 인생이라
그래도 믿음으로
슬픈 인생 닫는 그때를
참고 사는 인생이었소

흘러간
젊은 시절

비가 오나, 눈이 오나
식사하러 자주 찾아간
진국국밥 뚱보할매
생각나네 지금 계실까?
어느 땐가 그곳 가게 되는 날
꼭 한번 국밥할매
잊지 않고 찾아 보려고
건강하게 살고 있을까?

그때 내가 자주 찾던
뚱보할매 지금 계실까?
그리움에 생각나서
펜을 들어 글을 써보니
먹고 싶은 옛날국밥 있을까?
잊을 수 없는 할매
기적 속에 있던 내 병실
생각하면 정말 서글퍼

2012년 5월 8일

꿈 못 이룬 이 마음

세월이 흘러서 어느덧 산수가 되니
지나간 세월 인정 없는 병마로 꿈 펴보지 못하고
산산조각 아쉬운 물거품 되어
긴 삼십 년 가슴에 찾아온 먹구름이
괴롭힌 아픔을 생각하면 정말 괴로워
젊음을 송두리째 가져갔던 허송세월
기억조차 하기 싫은 야속했던 그 세월들
생각하니 꿈 못 이룬 이 마음 정말 슬퍼

세월은 어느덧 흘러서 파뿌리되어
신혼 삼 개월 즐거웠던 그 시절 지난 이 가슴에는
먹구름이 찾아와 꿈은 사라져
병상만을 바라본 그때의 세월들은
우리의 사랑이 그 뭐길래 어찌 괴롭혀
수많은 사람 중에 왜 병마가 찾아들어
울고 싶고 아픈 가슴 기적만을 바라보며
생각하니 꿈 못 이룬 이 마음 정말 슬퍼

2012년 7월 18일

흘러간
젊은 시절

멍든 가슴 서광되리

지난 옛날 병마가 이 가슴에 스며들어
고통 주고 울리었던 병상의 삼십 년 세월
그렇게 모진 고생 살아오며 느낀 아내
완쾌 검진 피땀의 은혜로 서광되리

오랜 세월 힘들은 모진 고생 참은 아내
자나 깨나 그리움에 사무친 삼십 년 동안
언제나 눈물 속에 살아가던 아내 모습
완쾌 검진 피땀의 은혜로 서광되리

야속했던 세월은 우리 부부 진실 사랑
어찌 못해 괴롭히던 병마도 삼십 년 종결
살아져 병마 흔적 멍든 가슴 회복될까
완쾌 검진 피땀의 은혜로 서광되리

2012년 11월 27일

나의 병든 몸도 떠오르는 태양처럼 회복되기를 바라는 심정에서

흘러간
젊은 시절

떠나는 임진년의 첫눈을 보며

어젯밤에 함박눈 펑펑 내려 온 누리를
설경으로 아름답게 수놓아 가는 곳 마다
하얗게 쌓인 눈은 동경하는 눈꽃송이
산악인들 즐거운 뽀드득 겨울 소식

어제 내린 첫눈이 녹아내려 빙판길로
아침 무료 신문 구독하려니 너무 힘들어
미끄러워 식은땀에 힘이 빠진 내 지팡이
넘어질까 걱정돼 조바심 거북걸음

임진년이 떠나는 그믐날이 아쉬워도
추워지니 움츠리던 사람들 행선지 찾아
걸음을 재촉하여 걸어가는 그 모습은
다사다난한 해를 보내니 섭섭하리

떠오르는 태양은 계사년을 환영하리
지난해에 하지 못한 모든 일 초지일관
꾸준히 성실하게 소원 성취 위해서도
용두사미 되지 않게 힘내어 매진하리

2012년 12월 15일

흘러간
젊은 시절

고향

그리움에 내 고향은
호남선의 기적 소리에
힘든 일터 벗이 되어
전답왕래 보람되었던
지난 세월 내가 살았던 고향
추억 찾아 가고 싶었던
보고 싶은 벽골 축제에

내 고향은 호남선이
오고 가는 기적 소리에
고향인들 동분서주
바쁜 일손 지게 농약통 메고
살아가는 고향 사람들
보고 싶어 벽골 축제에

알고 싶은 고향 소식

듣고 싶어 궁금하여도

자나 깨나 논밭으로

가족 위해 피땀 흐르며

작농으로 바쁜 고향 사람들

가을 오면 황금 물결이

보고 싶은 벽골 축제에

지난 세월 살던 고향

그리웠던 김제 내 고향

이 몸 아파 갈 수 없어

잊지 못할 내 고향 산천

회복되면 내 부모 묻힌 고향

언제라도 찾아가려던

보고 싶은 벽골 축제에

2012년 12월 31일

흘러간
젊은 시절

하늘을 나는 소리개

세월은 술래처럼 돌고 돌아가는
갑오년 새해가 밝아오련만
매서운 한설에도 구름 한 점 없이
푸른 창공은 청명하게 밝혀주리라

서울의 푸른 하늘 바라볼 때에는
옛날의 고향이 떠오르네요
그리운 고향 하늘에 소리개 떠서
드높은 창공 훨훨 날던 고향 생각

서울에 살아보려 생각 없이 모여
자동차 소음에 시달려가며
살아가는 우리들의 생활 모습을
어찌 모르고 고향 버린 신세 되었나

내 고향 벽골에서 소리개가 훨훨
창공에 나는 그 모습 보려
찾아갈 고향 창공 소리개 있을까?
그리운 고향 변함없는 벽골되오리

흘러간
젊은 시절

한민족 통일

지난 옛날 살았던 그 세월 되돌아보면
잘못된 위정자들의 통일 못한 죄가
그렇게 한이 된 장벽으로 될 줄이야
어느 누가 알았으리오 이제라도 서로 도와
왕래하는 자유로운 한민족 통일로

지난 옛날 잘못된 생각이 원망 되오며
누구도 동족이라면 이해할 수 없는
그 책임 한으로 될 줄이야 어찌 알아
이제라도 서로 도우며 장벽 없이 살기 좋은
평화 찾아 자유로운 한민족 통일로

지난 세월 말없이 흘러가 평화통일을
온 국민 소원이었던 자유, 평화, 통일
못하고 자유 없는 나라에 살고 있는
북한 국민 서로 보살펴 살기 좋고 평화롭고
자유로운 내 나라 한민족 통일로

2014년 4월 10일

세월호 참사를 보며

세월은 무심하게 흘러가리
아! 슬프도다. 어찌하오리
4월 16일 아침 웃음으로 떠난 여행길이
불행하게 마지막 인사가 될 줄이야
어느 누가 상상인들 하였으리
그 애통함을
아침 8시 48분 세월호 침몰 비보 소식에
당황하는 부모 형제들은 진도 침몰 팽목항
절망감에 달려가는 그 모습 차마 볼 수 없네.
애통하고 아픈 가슴 어떻게 위로를 해야 할지
온 국민들이 애도 마음으로 다 같이 영혼들에
명복을 비오니, 고요히 잠드소서!

세월은 무심하게 흘러가리
아! 슬프도다. 어찌하오리
4월 16일 세월호, 선장, 기관사, 승무원들
탑승객 304명 헌신짝처럼 버려져

흘러간
젊은 시절

꽃망울 피기 전에 꺾어버린 무책임한 만행
그 모습은 몹시 분하고 억울해 비통하오나
인정마저 찾아볼 수 없는 불순한 행동들에
어린 생명들 가엾게 두려움에 떨다 사라진
꽃을 못 맺고 떠나간 무궁화 넋들에 추모를
온 국민이 애도 마음으로 다 같이 영혼들께
명복을 비오니, 고요히 잠드소서

세월은 무심하게 흘러가리
아! 슬프도다. 어찌하오리
4월 16일 세월호 침몰로 소식 없는 아들, 딸
안타깝게 부르며 애타는 부모 형제들
지친 몸 허탈 속에 생사소식만 기다려 보는
애간장 타는 부모 심정 어떻게 위로하오리
듣고 싶은 그 소식은 언제쯤 들려오려나
가족들은 몹시 애타게 기다려도 소식 없어
지쳐 쓰러지며, 절망감 속에 부르짖는 아들, 딸
온 국민이 애도 마음으로 다 같이 영혼들에
명복을 비오니, 고요히 잠드소서!

2014년 4월 17일

가고 싶은 내 고향

흘러간 옛날 내가 살았던 고향산천
산자락에 자란 푸른 잔디 위에 앉아서
산의 황토로 소꿉장난하던
그 어린 시절이 주마등처럼 스쳐 가네
그리웠던 내 고향에 더욱 가고 싶으리

지난 세월에 살던 고향 가고 싶어도
황혼길에 놓인 이 몸 기력쇠진으로
그 어린 시절 추억 속에 고향 모습
상상하며 내 부모 묻힌 그 고향 산천이
그리워도 못 가는 신세가 더욱 아프리

지난 옛날에 살던 모습을 듣고 싶어
기다려도 그 고향 소식 들을 길 없어
자나 깨나 내 고향 소식 언제 오련
살고 보니 잔뼈가 굵어진 내 고향 산천
뒤돌아보는 아쉬움만 더욱 남게 되리

2014년 7월 27일

흘러간
젊은 시절

내 지팡이

어느 날 걷기가 힘들어져
도움이 되었던 지팡이
언제나 불편한 내 다리에
힘이 된 그 지팡이여!
지난날 병마로 괴로울 때
삼십 년을 동반자가 되어준 내 지팡이

어느덧 산수로 허약해져
오고 갈 때 힘이 된 지팡이
남은 여생 동반자 되어줄
황혼길 돌볼 지팡이
언제나 사랑의 아쉬움에
희로애락 동반자가 되어줄 내 지팡이

내 삶을 인도할 남은 여생
힘이 될 든든한 지팡이
지난날 살펴준 고마움을
알게 한 삶의 지팡이
살아갈 미래를 돌보려는
내 황혼길 동반자가 되어줄 지팡이여!

2015년 1월 5일

흘러간
젊은 시절

병마로 괴로웠던 삼십 년

세월은 말없이 흐르고 흘러
아! 내 젊음을 송두리째 가져갔던
그 청춘을 볼 수 없어 황혼길이 되나 봐
나를 울린 야속했던 그 병마로
꿈 없이 살아간 한을 내 운명이 다할 때까지
어찌 잊으리! 삼십 년 쌓인 그 한을

지나간 세월은 돌고 도는데
아! 별거로 살던 그 사연 눈물 없이
볼 수 없는 모진 고생 두고두고 이 가슴
상상하면 내 눈가에 이슬되어
언제나 살고 싶은 이 가여움에 서글퍼지네
그때 살아온! 삼십 년 쌓인 한을

2015년 1월 5일

흘러간 그 인생

아! 그 세월은

강물처럼!

구름처럼!

말없이 돌고 돌아 흐르는데

그때 희망의 그 꿈을

송두리째 다 버린 아픈 병상 삼십 년을

뒤돌아봐도 아무런 도움이 되지 않아

인생으로 태어나

도움을 주지 못한 아쉬운 그 인생

이 가슴에 맺힌 그 젊음 그 한을

아무리 생각해도 그 마음

몹시 괴로우나 어찌하오리!

그 세월이

수레처럼!

물레처럼!

흘러간
젊은 시절

돌고 돌아 너무 멀리 흘러간 세월을
어찌할 수 없는 그 마음 너무 아프리!
나 버리고 흘러간 그 세월 이제 보니 가여우리!
힘이 다 빠진 아침 태양인 듯
서산에 저물어 가는 태양처럼!

산수(傘壽) 인생으로
보람이 될 수 없어 괴로움이
내 좁은 가슴마저 아프리라!

그동안 한 점 한 점 모아 쌓인
글들이 책으로 나올 때
속세에 태어났던 소중한
흔적으로 되겠지?
믿어 보리!

남은 여생 건강만이!

2015년 12월 3일

저물어 가는 황혼 인생

어느덧 무심한 세월은 가는군
점점 기력이 떨어진 이 내 몸
그 모습이 원망스럽고 한스러워
이제 그 신세가 가엽고 서글퍼
태어나서 인생답게 살지 못해 후회스러워

무심하게 사는 그 세월 아쉬워
산수 몸 경찰병원 예약되어
기력 없어 아들딸의 도움받아
찾아가는 그 신세가 너무 맘 아파
보호받는 신세라니 산수 인생 부담스러워

구름같이 흘러가는 그 세월이
서산에 지는 태양처럼 더욱
기력마저 점점 떨어져 도움 없이
활동할 수 없어 그 생각이 서글퍼
어느덧 도움받는 이 신세 되어 송구스러워

2015년 12월 26일

흘러간
젊은 시절

병신년 새해를 맞아

그 세월은 말없이 흘러
떠오르는 해처럼 병신년 맞아
다사다난했던 지난해에
못 이루고 가버린 꿈을 다시 이루어
변함없는 노력은 소원성취하리라

지난 세월 돌고 돌아서
영리한 붉은 원숭이 지혜처럼
모두 가정의 행복을 위해서
화목으로 다 같이 협조하며 우애로
새로운 각오로 새 희망을 이루기를

그때 세월 흘러가리라
떠오르는 태양처럼 펼치려니
지난 그때 소멸되던 아픈 꿈
뒤돌아본 꿈들이 이뤄질지 새로워
다시 한 번 괴로우며 산수 인생으로

2016년 1월 1일

대통령 자진해 퇴진을

준비된 대통령이라 진심으로 믿었건만
국민들 진심을 모르고 최순실과 국정을 논하여
촛불 시위까지 이르게 된 국헌 논란 보도를 보아도
국정에 그렇게 자신이 없으면 왜 대통령에 출마했는지
그 진심 알 수 없네 국정 논란 그 책임 자진해 퇴진을

그 촛불 12월 9일 탄핵까지 의결되어
흔들린 그 국정 이제는 정의되어 그 모든 국정은
국무총리실로 옮겨가니 국정 해결 헌법재판소로
그 촛불 올바른 국정을 위해서 현 대통령 심판받아
촛불의 그 소리 그 책임 물어서 자진해 퇴진을

흘러간
젊은 시절

촛불의 원성 맞아도 외면하는 그 위정자
헌재의 판결, 믿고 있는 자기 반성 모르는 대통령
아쉬운 그 불통 한결같은 국민들의 마음 모르시네
그 고집 사연에 비선과 저지른 지난 국정 그 책임 물어서
온 국민 무시하는 불통 국정 이제는 자진해 퇴진을

2016년 12월 15일

음식 만들 때 보람

지난 세월 나의 병마로 시달린 아내는 농촌에서 농사짓기가 점점 힘이 든다며 서울로 이사하자고 하여 1988년 7월 19일 서울 서초동 법원 밑 비닐하우스로 이사했습니다. 그 후 서초구 보건소에서 당산동 결핵 전문병원을 알선해 주어 치료받은 결과 1993년 4월 3일 완치 판정을 받았으나, 30여 년 긴 세월 병상으로 약해진 몸이라 일을 할 수 없었습니다. 농촌에서 병으로 탕진된 가산을 위해 아내가 불철주야 모진 고생을 하였기에 집에 있는 내가 무엇이라도 돌보아 주어야겠다는 마음으로 처음에는 밥이 없으면 밥을 짓고 국 끓이는 방법을 물어 국을 만들고 찬이 없으면 서툴지만 한 가지씩 만들어 본 것이 이제는 어느 정도 숙달되어 지금은 소량의 김치까지 만들어 먹을 수 있습니다. 내가 만든 음식을 가족들이 맛있게 먹을 때 가장 보람을 느끼며, 더욱 음식에 대한 관심이 생기고 보람이 느껴집니다.

흘러간
젊은 시절

그리고 엄마인 주부들 역시 음식을 만들어 가족들에게 제
공할 때 나와 같은 마음이리라 여겨져 친근감이 들기도 합니
다. 정성 들여 만든 음식을 불평하지 않으며 즐겁고 맛있게
먹어주는 것 또한 예의라는 것을 새롭게 알게 되었습니다.

나 역시 음식을 만들 때면 맛있게 하려는 욕심 때문에 신경
이 쓰일 때가 많답니다.

2012년 5월 15일

기적의 뒷바라지

1963년 7월 어느 무더운 날 갑자기 악성 기침이 나더니, 각혈이 되어 급히 매제가 근무하는 화호병원에 가서 진단한 결과 양폐중증 결핵이라 전염성 때문에 즉시 전문요양병원에 입원하였다. 이런 시한부 인생으로 살아가는 나를 뒷바라지해 준 아내에게 죄책감만 들곤 하였다. 병원 침상에 누워 서글픔에 잠겨 있을 때 무엇이 즐거운지 소리치며 뛰어노는 젊은이들의 소리가 밖에서 들려왔다. 나는 언제 회복되어 저렇게 뛰어볼 수 있을까? 하는 생각과 더불어 기약 없는 날이 갈수록 내 가슴은 괴롭고 답답해지며 사랑하는 아내가 더욱 그리워졌다. 우리 부부는 처음에 건강한 몸으로 행복을 위해 결혼을 했건만 뜻밖의 전염병으로 별거까지 하게 되면서 한 번도 따뜻한 사랑으로 안아 주지 못한 아내에게 미안한 마음과 함께 차라리 전염병이 빨리 발현되어 결혼을 안 했으면 좋았을 텐데… 하는 아쉬움과 안타까움만 들었다. 괜히 결혼하여 선량한 아내만 울리고 모진 고생을 하게 한다는 죄책감으로 후회스러운 세월이 흘러 이제 황혼까지 이르게 되니 내 마음만 괴롭고 우리 집의 가장으로 고생하는 아내에게 아픔을 용서받

흘러간
젊은 시절

을 수 있을까 싶다.

세월은 어느덧 유수처럼 흘러 결혼 50주년 되는 현재까지 사랑하며 안아 주던 부부생활은 셀 수 있을 정도로 기억되어 더욱 가슴만 아파 아내 볼 면목이 없구려!

어쩌다 서글픈 그 병마가 좁은 내 가슴에 스며들어 사랑하는 아내를 고통주고 괴롭히어 슬프게 했는지? 생각할수록 한스러운 눈물이 흘러 말없이 내 뺨을 적시네.

여보! 지금까지 내 생명을 지키게 한 것은 오직 당신이 가정에 대한 모든 책임을 스스로 말없이 지고 고생을 무릅쓰며 불철주야 동분서주하고 이 몸을 위해 고생한 덕분이오. 위로와 치료를 하며 안정에 도움을 주니 주님께서도 시한부 인생을 가엾게 여기고 기적의 은총을 내려 완쾌가 될 수 있도록 하였으며, 이것은 오직 현모양처인 당신의 은혜에 대한 보답이라고 생각하오.

시한부 인생이 기적으로 살아난 것은 언제나 변함없는 아내의 땀과 눈물로 이루어진 은혜가 아닌가 하며, 이제 황혼 길에 놓인 우리 부부 남은 여생 생각하니, 사랑하는 아내의 은혜를 어떻게 보답할 수 없어 아쉽고 죄책감만 들어 세월이 한스러우리. 사랑스러운 아내여! 내 생명 구원의 은혜로 건강하게 오래오래 사시어 그동안 추진했던 모든 일들을 소원성취하고 부디 행복하고 즐거운 한 세상이 되어주기를 두 손 모아 축원하며 마무리하오리다.

2012년 11월 30일

살아온 험난한 삶

　세월은 유수처럼 흘러 어느덧 황혼길에 들어 지난 시간들을 생각해본다. 1935년 1월 25일 김제군 월촌면 입석리 645번지 산골 남산마을에서 태어났으나 일제 강점기라 할아버지, 아버지 등 온 가족들은 먹지도, 입지도 못하고 고생스럽게 살았다. 볏짚으로 새끼와 가마니를 짜 팔기 위해 공판일에는 일찍 일어나 준비한 후, 약 5㎞ 떨어진 김제읍 신풍리 가마니 수매장까지 지게로 운반하였다. 공판 수매대금을 받으면 우선 식량을 구입하여 온가족의 연명을 위해 쓰고 어머니께서는 무명베를 짜서 온 가족의 옷을 만들어 주셨으며, 아버지께서는 볏짚으로 삼아 만든 짚신을 가족들의 신으로 주시던 그 시절이 떠오른다. 연정리 경제마을 앞에 있는 논에 모내기를 하고 논물이 빠지지 않게 조석으로 논물을 관리해야 하므로 논을 왕래해야 했다. 새벽 5시경에 일어나 4㎞ 정도 떨어진 논에 가서 물을 보고 학교에 가기 위해 어린 몸으로 무서움도 참고 산길을 헤쳐 다녔던 지난날들이 생각난다. 그때는 일본 속국이라 온 국민들이 힘이 없어 우리 부모님들이 피땀 흘려 농사지으면 정부에서 도조로 다 가져가서 언제나 가난한 생활이었다. 참으로 말할 수 없는 고생과 설움 속에 살아왔던 가슴 아픈 지난 그 날들이 생각되어 후손들에게 알려주기 위해 이렇게 펜을 들어 두서없이 써본다.

온 국민들은 언제나 선진사회가 되어 일본을 응징할 수 있는 힘을 길러야 한다고 생각했으며, 지난날 고생을 가슴 깊이 간직하고 발전된 사회로 성장하기를 바라며 다 같이 노력하는 단결된 마음으로 하나가 되어 변함없이 매진해야 할 것으로 여기었다. 그때 당시 나는 월촌소학교를 졸업하고 1950년 6월 1일 이리공업중학교 1학년 전기과에 합격하여 정읍에서 대전까지 운행되는 통학열차로 학교를 통학하였다. 1950년 6월 25일 새벽에 북한군이 남침하여 학교에 갈 수 없었다. 북한군이 남으로 진격하는 도중 맥아더 장군 연합군이 상륙하였다. 낙동강 전투에서 패전으로 후퇴하는 북한군을 인천상륙작전으로 승리하여 9월 28일 서울이 드디어 수복되어 모처럼 학교에 갈 수 있었다. 그런데 인공(인민공화국) 때도 학교는 정상 수업을 했는지 전학과가 반절 이상 진도가 나가 있어 도저히 따라갈 수가 없었다. 중학교에 들어가 가장 좋아했던 영어 과목을 6·25사변으로 포기해야만 하는 그 불행을 일생에 잊을 수 없는 사건으로 기억한다. 전쟁 기간 동안 목천철교가 폭격으로 끊어져 기차운행이 되지 않아 학교를 다니려면 별수 없이 자전거 통학을 해야 했기에 자전거를 구입하여 통학을 했다. 학교에서 집으로 오던 중 목천에 임시 가설된 다리 위에서 갑자기 자전거 핸들 및 프레임이 절단되면서 자전거가 힘없이 두 동강나며 다리 밑으로 떨어지는 사고로 도저히 통학을 할 수 없게 되었다. 마침 김제중앙중학교에 자리가 있어 1951년 12월 7일 추운 겨울 중앙중학교 2학년으로 전학했다. 그런데 매일 등교하면 1년 선배들이 나를 보고 거만하다고 설교하는 괴로움을 주어 학교를 포기하려고 했다. 그때 2살 위인 최 선배의 도움으로 설교가 중단되어 무사히 학교를 졸업할 수 있었고 상급학교인 김제고등학교에 응시하여 1953년 4월 1일 1학년으로 입학하였다. 학교에 다니는 도중 목천교 사고의 후유증으로 늑막염이 발병되어 치료를 시작했다. 불편한 몸이었으나 다행히 1956년 2월 25일 김제고등학교를 졸업했다. 그후 집에 있는데 군대 소집영장이 나와 논산수용연대에 입대했으나 신체검사 등급이 늑막염으로 인해 무종처리 3회를 받아 병종으로 병역면제가 되었다. 그후 집에 있는 나를 큰형님이 광주사세청에 알선해 주셔서 1958년 3월 20일 김제세무서 수득세과에 입사하여 임시직으로 근무하게 되었다. 그때 당시 김제읍 하곡수매 실적이 부진하자 서장님께서 직접 수득세과 직원들에게 하곡 동요 차 5일간 출장명령을 하달하였다. 그래서 부진한 가정을 찾아다녀 보니 너무나 살기 어려운 가정이라 '보관 중인 보리종자를 가져가면 보리파종 종자를 무엇으로 하라고 가져가느냐'고 울부짖으며 매달려 애원하는 사람들의 가여움이 너무 크고 마음이 아파 출장이 끝난 후 출근하여 형님께는 죄송하오나 양심이 가책되어 자진 사직서를 제출하였다. 그리고 집에 있는데 친구들로부터 1960년 12월 23일

전국체신청에서 5급 임용시험이 있으니 시험 준비를 하여 이번에 응시를 하자는 소식을 전달받았다. 그래서 나는 부산체신청에 응시 접수하고 몹시 추운 날 시험에 응시한 결과 다행히 합격을 하였다. 1961년 1월 19일 경북의성우체국 우편 담당으로 발령이 나 자부심으로 공직생활을 충실히 하고 있을 때, 뜻밖의 사건인 5월 16일 군사혁명이 1961년에 일어나 군 미필자는 9월 30일까지 무조건 퇴직하라는 명령이 우체국에 하달되었다. 없는 가정에서 대학을 포기하고 직장을 선택했건만, 이런 불미스러운 명령으로 직장을 떠나야 하는 그 심정이 너무나 아프고 괴로우며 억울하여 참을 수 없었다. 즉시 군사혁명 최고위원의회 의장 박정희 총무처장관 윤필용 씨께 억울한 호소문을 수차 발송하고 회신을 기다리는 순간 부모님께서 결혼을 하라고 성화하시어 중매를 통해 알아보니, 마침 봉남면 월성리에 참신한 규수가 있다고 하여 선을 보았다. 어머니를 일찍 조실하고, 할머니 슬하에서 성실하게 자란 규수였다. 우리 부모님을 잘 이해하고 모든 것을 지혜롭게 할 것 같아 더 이상 망설이지 않고 결혼을 승낙하였다. 양가에서 길일을 택하여 1963년 3월 12일 처가댁에 초래청을 가설하고 초래상 양쪽에 송죽을 꽂아 청실홍실 늘어 걸어놓고 원앙새 옆에 화촉을 밝히며 구식으로 사모관대 예복을 입고 결혼식을 성대히 거행하였다. 친우들의 축사에서 "이제 부부는 일심동체"라는 말을 듣는 순간 검은 머리가 파뿌리 될 때까지 백년해로하며 속세에서 한 쌍의 인간으로 첫걸음을 출발하는 순간임을 생각하니 마음속으로 기쁨과 즐거움이 가득했다. 집에 와서 첫날밤을 보내고 나니 더욱 사랑스러운 아내로 여기어지며 앞으로 가시밭길을 헤쳐 나갈 새 희망에 행복의 삶 설계를 구상하고 있을 때, 군사혁명 총무처에서 광주체신청 복직시험에 응시하라는 회신이 도착하였다. 복직시험 준비 중에 어쩐지 그날은 몸이 몹시 피곤하고 이상하여 잠시 시험 준비를 멈추고 오전 10시 40분경 밖에 나가 그늘에 앉아 무더운 날 아내가 보리 단을 가져다가 홀태질 하는 것을 보고 있었다. 그때 갑자기 악성기침이 계속되더니 각혈이 되어 너무나 당황스러웠다. 매제가 근무하는 화호병원으로 가서 진찰한 바 양폐결핵중증으로 진단이 되어 즉시 매제와 같이 군산개정전문요양병원으로 가서 입원 수속을 했다. 매제를 보낸 뒤에 나를 보고 결혼한 아내를 생각하니 누구보다 당황하고 서글프며 힘들었을 텐데 아내에게 아무런 위로의 말도 없이 떠나온 나 자신이 원망스럽고 속상하며 매제를 따라온 것이 야속하게 느껴져 죄책감이 들었다. 부부로써 이해하기 힘든 뜻밖의 일로 사랑의 체온이 가시기도 전 결혼 3개월 만에 별거해야 하는 참혹한 현실이 갑자기 일어난 것을 생각하니 가슴이 아프고 이해할 수 없는 슬픔과 괴로움이 가슴에 밀려오며 눈물이 흘러내렸다. 눈물을 감당할 수 없어 소리 없이 한참 울고 나니 왜나는 전생에 무슨 죄를 지어 이런 전염병으로 사랑하는 아내와 떨어져 있어야 할까? 하는 생각이 떠오르며 도저히 이해가되지 않았다. 그래서 더욱더 나 자신에게 분노가 치밀었고 살

흘러간
젊은 시절

수 없는 형벌을 받아야 하는 못난 인생이 야속하고 원망스러워 견딜 수 없었으며, 밀려드는 슬픔을 참아야 하는 괴로움이 이 가슴을 더욱 아프게 했다. 잊을 수 없는 그 시절을 뒤돌아보면 괴로움이 다시 살아나듯 지금도 가슴이 아프다.

병상에서 아내 생각

병마로 신혼 행복 물거품 되어버린
그 책임 송구함을 용서하지 마오
서글픈 괴로움은 그대의 짐이 되어
참았던 모진 고생 눈물로 흐르리라

사랑의 그리움에 희망의 청운 꿈은
병마로 산산조각 이 가슴 괴로우리
남자로 안아 주지 못하는 따뜻했던
정으로 그리움에 이 몸을 울리리라

이런 병상생활도 어느덧 술래처럼 일 년이란 세월이 돌고 돌아 말없이 흘렀다. 전에 개정요양병원에 입원 수속해주고 떠난 후 무소식이었던 매제가 궁금하던 차에 갑자기 찾아와 퇴원수속을 하고 이리중앙의원으로 가자고 하여 매제 말에 따라 수속을 밟았다. 이리중앙의원에 도착하여 아무도 없는 2층 다다미방으로 나를 안내해주고 매제는 1층 검사실로 내려갔다. 밤이 되면 컴컴한 2층은 적막이 흘러 무서움과 외로움이 많았으나, 각혈이나 무슨 일이 있으면 언제든지 즉시 달려와 돌봐주는 매제가 옆에 있다고 생각하니 언제나 위안이 되었다. 차도가 없는 허송세월 속에 어느 날 매제가 올라와 그동안 중앙병원에 입원하여 4~5년 치료하였으나 별스러운 차도가 없자 큰형님께서 '내 몫인 논을 매매하여 공주전문결핵요양원으로 가라고 하니 어떻게 하면 좋겠느냐?'고 물었을 때 즉답을 할 수 없었다. 나는 어린아이들과 가여운 아내에게 더 이상 괴로움을 줄 수 없어 형님께서 그동안 많이 돌봐주셨으나 형님 말을 따를 수 없었다. 내 몸 살자고 가족을 버릴 수 없어 공주 요양원을 포기하고 추운 겨울날 퇴원 수속을 밟아 운명은 재천이란 말을 믿으며 아내와 함께 가족을 데리고 본가인 남산집으로 갔다. 여기에서도 치료가 여의치 않아 일 년 후에 다시 김제군 봉남면 월성리 372번지 주택으로 이사하여 농사를 지으며 살았으나 생활이 너무나 힘들었다. 아내는 우리 가정을 책임지고 모진 고생을 무릅쓰며 손수 지게와 농약통을 메고 수년간 농사를 짓다가 농약 중독으로 두 번 쓰러졌다. 그 후에 아내가 더 이상 농사를 짓다가는 생명에 위험이 될 것 같아 농사짓는 것을 포기하고 서울로 가자고 하여 정들었던 고향 월성리마을금고와의 이별을 했다. 아내 따라 가족들과 함께 1986년 7월 6일 상경했으나 거주할 곳이 없어 염

흘러간
젊은 시절

려하던 중에 아내의 고향 친구를 만났다. 그 친구소개로 법원 밑에 있는 비닐하우스를 구입하여 살게 되면서 나의 건강문제로 서초보건소에 찾아가 문의를 했더니 영등포구 당산동 결핵전문복십자의원을 알선해 주었다. 1991년 3월 24일 병원으로 찾아가 검진받고 처방받은 약을 복용한 지 약 2년여 만인 1993년 4월 3일 복십자의원으로부터 완치판정을 받았다. 타 병원에서는 결핵중증 3기라 완치는 기적으로 여겨 사형을 언도받은 것이나 다름없는 시한부 인생으로 가엾게 살았던 내가 뜻밖에 완치 판정이라니 웬 말인고. 그동안 30년 병상의 후유증으로 기력이 없어 가정을 돌보지 못한 나 때문에 고생하는 아내를 생각하면 언제나 괴롭고 죄책감 속에서 살아야 했다. 병상에서 탕진된 가산과 6남매 자녀들의 학비를 위해 불철주야 쉴 새 없이 피땀 흘려 무사히 대학까지 졸업하게 돌봐준 아내의 훌륭한 모성애를 어찌 잊을 수 있으랴. 아내의 진실한 가족 사랑의 은혜에 대해 언제나 감사하게 여기고 우리 가정을 위해 피땀 흘린 그 모진 고생을 가족이라면 어찌 잊으리오. 그 보답을 위해 온가족들은 항상 유념하도록 아래와 같은 시를….

은혜로 구원되리

변함없는 가족사랑!
언제나 잊지 못하였던
그 여인 안타까워 어찌 보려나
우리 희망 물거품 되었어도
가여웠던 이 생명을 돌보아 은혜가 되리라

그 여인을 사랑하리!
보고파 어찌 잊으리오
병마로 별거했던 그 세월들이
너무나도 한스러운 그대 보며
사랑으로 살고 보니 구원의 은혜가 되리라

　　이 생명이 어찌 될지 알 수 없는 과정에서도 훌륭한 아내의 진실한 사랑으로 6남매를 보살펴 마지막인 아들까지 2012년 10월 6일 결혼시킨 것은 아내가 없었다면 불가능한 일이라고 생각되며 더욱더 감사하게 생각한다. 그동안 희로애락을 저버리고 우리 가정만 변함없이 책임지고 돌봐준 덕택으로 모든 일들이 아무 탈 없이 마무리되고 있어 기쁘다. 얼마 남지 않은 황혼 길을 살아가는 지금도 가정과 가족을 버리지 못하고 아픈 몸으로 다니는 모습이 항상 가슴 아프게 한다. 이제 우리 부부 건강만 바라보며 남은 여생을 보람되도록 살아가는 것이 좋지 않겠소? 서로 우애하고 화목하게 살고 있는 자녀들을 보니 스스로 위안이 되며, 아내 또한 후회도 미련도 없는 소원 성취의 보람을 자녀들에게 알려줄 수 있도록 건강하소서….

2013년 3월 17일

4부
자연과 살아본 생활

베란다에 핀 꽃

찬바람에 못 자라도 사랑의 화분들이
싱싱한 모습으로 자라나는 꽃들을 보며
사람들도 꽃처럼 건강하게 잘 살면
얼마나 그리움에 기쁘게 살으리

새싹 트는 베란다 꽃 성실한 그 모습은
사람도 화분처럼 건강하게 살아가면
진실 속에 행복한 평화가 되련마는
다 같이 힘이 되어 도우며 살으리

차가움에 베란다 꽃 무관심했는데도
추운 날 힘든 꽃들 뜻밖에도 꽃이 맺어
화분 위로 솟아오른 양란꽃 보는 순간
사람도 꽃과 같이 힘내어 살으리

매서운 날 계속되어 화분을 등한시해
꽃들의 성장 과정 알지 못한 하얀 양난
아름답게 피어오른 건실한 꽃에 놀라
달려가 살펴보니 방긋 웃는 양란꽃

2012년 2월 16일

동경하는 겨울

앙상한 나무 위에 눈 꽃송이 피네
뽀드득 밟는 소리 산천 곳곳에
겨울에 찾아드는 눈부신 설경
언제나 전해주는 겨울 희소식
누구나 걷고 싶은 뽀드득 소리

고요한 이 밤에도 함박눈 내려
산행을 좋아하는 산악인들에
눈꽃이 아름답게 수를 놓으니
이 강산 산천에도 설화가 피어
누구나 걷고 싶은 뽀드득 소리

웃음에 깔깔대며 미끄러져 가는
설경을 걷고 싶은 즐거운 겨울
다 같이 웃음 속에 달리는 썰매
얼음판 걷고 싶은 겨울 풍경들
누구나 걷고 싶은 뽀드득 소리

흘러간
젊은 시절

썰매장 찾아가는 겨울 사람들
즐거운 추억 속에 찾아가련만
손잡고 동심으로 썰매를 타니
하하하 껄껄대며 즐거워하는
언제나 걷고 싶은 뽀드득 소리

겨울은 사계절 중 마지막 계절
모두들 동경하며 눈꽃 보려고
변화된 온누리에 내리는 설경
함박눈 뽀드득 가슴을 설레
언제나 걷고 싶은 뽀드득 소리

2012년 2월 20일

사계절 풍경 1

봄에는 산천마다 꽃들이 활짝 피니
즐거운 관광 찾아 모여드는 사람 많고
추억 찾아 산천으로 달리는 여행사들
사람들의 즐거움 싣고 달리나

여름은 초목들이 뜨거운 햇빛으로
우거진 수풀 속에 찾아드는 삼복 더위
물놀이에 뛰어드는 그들의 즐거움을
어찌해 무더운 날 삼복을 잊으리

천고에 황금 계절 모두들 좋아하는
흐뭇한 수확계절 바쁜 일손 거들어
코스모스 피는 가을 산천에 고운 단풍
찾아든 결실에는 풍년이 되려나

흘러간
젊은 시절

겨울이 생각나는 설경의 뽀드득에
누구나 동경하며 찾아가는 설경 보러
겨울 산천 눈꽃송이 썰매장 가고 싶어
겨울 산 찾는 사람 언제나 즐거워

2012년 3월 2일

그리운 봄이여!

세월은 어느덧 술래처럼 돌고 돌아서 봄이 오고 봄이 와요
삼천리 이 강산에도 꽃이 피는 봄이 왔어
추운 겨울에 웅크렸던 산천초목들은 생기가 돌아
가지마다 새싹 나며 방방곡곡 산천에도 생동하는 봄으로
산천초목마다 따뜻한 햇볕에 새싹이 돋아
그리운 푸른 강산으로 아름답게 진화하는 봄이여
산자락에는 꽃이 피고 꽃향기에 취해 날아드는 벌, 나비
시골 야산에도 봄을 알리는 뻐꾹새는 뻐꾹뻐꾹 슬피 울며

흘러간
젊은 시절

이 산으로 왔다 저 산으로 갔다 하며 산을 울리고 가네
종달새도 하늘 높이 날며 지지배배 노랫소리는
농민들의 농사를 알려주는 아름다운 풍경이 아닐까 하네
시절 따라 강남에 갔던 제비도 음 삼월 삼짇날이 되면
어김없이 자기 둥지를 찾아드는 정다운 제비여!
이런 모든 사연들은 봄을 알리고 봄에 볼 수 있는 풍경으로
봄은 따뜻한 온기를 만물에게 베풀어 소생하게 하며
숲을 이루고 꽃이 피는 좋은 환경을 알리는 봄으로
기뻐하며 봄을 사랑으로 모두들 안아 주고 맞아 주기를…

2012년 3월 17일

봄소식을 전해주는 쑥국새

세월은 물레처럼 돌고 돌아
어디선가 들려오는 소리는
아침 새벽에 산자락 울리며 안개가 내리니
방황하던 길조는 쑥국새여!
이 산으로 와서 숙국숙국 저 산으로 가서 숙국숙국
이렇게 울어대면 산울림으로
삼천리 이 강산에 봄이 오고 봄이 왔네
언제나 봄소식을 전해주는 쑥국새여!
마을에 먼동트면 기상나팔 소리처럼
산골마을에 들리어 모두들 일어나니
봄맞이 준비 일손에 응원하듯 쑥국새는
산골마을을 떠돌며 숙국숙국 슬피 울어
이 강산 산천에는 봄이 와 만물이 소생하리
보고 싶고 듣고 싶은 슬피 우는 쑥국새여!
사랑받은 길조되어 사람들에게
봄소식을 잊지 말고 전해주오
이제는 모두들 무관심하게 보지 말고

흘러간
젊은 시절

쑥국새를 사랑으로 안아 주면 어떠하리

2012년 3월 19일

사계절 풍경 2

봄이 오면
따뜻한 햇살에 만물들은 소생하리라
봄이 오고, 봄이 오면 참 좋아
산천에는 꽃이 피고 봄소식 전해주러 쑥국새는
숙국숙국 슬피 울어주니
강남 갔던 제비도 삼월 삼짇날이 되면
다시 옛 둥지를 찾아오는 정든 제비여!
따뜻한 햇살에 이 강산에는 아름다운 꽃이 피리라
농촌에는 종자파종 일손이 시작되어 바빠지는 봄이 되리오

여름이 오면
뜨거운 햇살에 몸은 검게 타고 땀 흘러
여름 싫어 여름날 무더우니
산천초목은 무성하게 자라 숲을 이루고 우거지니
삼복 더위 오면 무더워서
해수욕장 물놀이 즐기려 바다 찾으며
계곡은 땀을 식히려 잠시 쉬어 가려나

흘러간
젊은 시절

삼복 더위에 햇살 피하려고 계곡, 바다 찾아가느니
잠시나마 휴식을 취하려고 하는 것도 무더운 여름이어서라

가을이 오면
선선한 햇살의 천고마비를 생각하니
가을이라 즐거운 가을 오니
산천초목들은 울긋불긋 예쁜 옷으로 갈아입으며
광야는 황금물결이 되어

아름답게 단풍들어 수확의 계절되니
결실에 놓인 농촌은 차츰 바빠지리라
농민들 수확에 일손부족 현상이 생기고 길가에는
코스모스 꽃향기에 취해 벌, 나비 날아들며 풍성한 가을되리

겨울이 오면

차가운 햇살에도 북풍이 몰아치는

겨울이라, 매서운 겨울되니

날이 추워지면 초목들은 동면에 들어가 눈이 오면

앙상한 가지에 눈꽃 피어

산천마다 설경으로 눈꽃송이 되어서

함박눈 내리면 산악인들 기뻐하리라

매서워도 썰매장 찾아 넘어지고 쓰러져도 즐거워

깔깔대고 미끄러지며 사랑하며 즐기는 매서운 겨울 아닌가?

2012년 3월 28일

흘러간
젊은 시절

기다리던 봄비

겨울에 눈비가 오지 않아 메말라 그런지
따뜻한 봄이 왔어도 내가 심은 화단 한구석

소중한 머우들 어찌 싹이 나지 않는지?
머우를 보면 속이 타 중얼거리다 들어가곤 하지만

기다리던 봄비는 바야흐로 4월 2일 부슬부슬
온누리에 내려주니 이제야 머우도 싹이 트오

그간 염려했던 마음이 일시에 살아지곤 하네
언제나 만물들은 따뜻한 햇살 받으면

꽃이 피고 소생하는 줄 알았으나 봄비가 내리어
모든 산천초목들도 물이 올라 싹이 트고 꽃이 되니

대자연 이치를 이제라도 알게 되니 정말 기쁘리
소중한 봄비로 메마른 초목들도 생기가 들어 자라네

인간생활에도 더없이 도움이 되리라 여기리
봄비가 모든 자연에게 생명을 주듯

내가 심는 머우도 사랑으로 키우리
아! 고마운 봄비여! 사랑으로 온누리에

은혜를 베풀어 만물들이 탈 없이 자라게 하소서

2012년 4월 5일

흘러간
젊은 시절

무 종자 밭 보며

옛날 내가 살던 산골 남산마을에
봄이 오면 아낙네들이 일찍 무 구덕에서
싱싱하게 무순이 자란 무를 골라 채전 밭 한곳에
정성껏 심어놓으면 따뜻한 봄 햇살에
노란 무순은 황록에서 녹색으로 변하며 자라고
무 줄기의 많은 가지에서는 연보라 꽃이 맺어 피네
어디선가 예쁜 노랑나비, 흰나비, 벌 등이
훨훨 춤을 추며 날아와 꽃 위에 사뿐히 앉아
한참 있다가 채취를 하면 어디론지 날아가곤 하네
무꽃은 스스로 시들고 거기에 씨가 생기어
날이 갈수록 무근은 영양이 소실되어 노랗게 여물어가면
무 줄기를 베어 묶어 양지바른 곳에 걸어놓아
건조된 무 열매 꼬투리를 까서 빨간 무씨를 받아
콩 심을 때 같이 뿌리면 콩밭에서 무는 자라고
우리 식탁에 놓인 맛있는 열무김치를 먹으며
여름 별미와 함께 우리 농민들의 삶도 떠오르네

2012년 4월 21일

비

어린 시절 우산 없이 살았던 그때
그렇게도 가난했던 옛날이었나
우산 없어 학교갈 때 울기도 했던
지난 세월 생각하면 너무 슬프리

비가 오면 일터에도 갈 수 없었던
눈물겨운 지난 세월 너무 힘들어
지금은 비가 오나 눈이 내려도
우산 없어 학교갈 때 염려 않으리

비가 오면 빨간 우산 검은 우산이
길을 메워 울긋불긋 우산 스치며
일을 하러 왕래하던 그 사람들도
가난했던 옛 생각이 날지 모르리

흘러간
젊은 시절

비가 오면 농사준비로 바빠지고
초목들은 싹이 트고 꽃이 피리라
어린 시절 우산 없어 고생하였던
그 시절이 선친들이 살았던 세월

비가 오고 비가 오면 망설였던
옛 시절은 지나가고 그 아쉬웠던
세월들에 살았던 일 까맣게 잊어
지난 세월 사람들은 생각 못하리

2012년 4월 23일

자연을 사랑으로

앙상한 나무에는 따뜻한 햇살 받아
새싹이 파릇파릇 돋아나는 옷을 입고
살랑살랑 봄바람은 즐거움을 속삭이듯
변화되는 그 자연을 사랑으로 맞으리

봄에는 산천마다 꽃들이 활짝 피어
즐거운 관광하러 모여드는 사람 싣고
추억 찾아 달려가는 산천계곡 여행사들
변화되는 그 자연을 사랑으로 맞으리

계곡의 물소리에 마음이 위안되고
자연의 변화 속에 살고 있는 동식물들
아름다운 우리 강산 서로 돕고 사랑하여
변화되는 그 자연을 사랑으로 맞으리

흘러간
젊은 시절

산천에 꽃이 피고 벌 나비 춤을 추듯
자연을 사랑하는 산새 소리 서글프네
계곡마다 물소리는 벗이 되고 건강 찾아
변화되는 그 자연을 사랑으로 맞으리

푸른 숲 찾아드는 사람들 건강 삼아
자연은 약이 되고 남녀노소 관광으로
우거지는 산천초목 계곡 따라 즐거움이
변화되는 그 자연을 사랑으로 맞으리

2014년 3월 6일

눈 내리던 어느 날

눈이 오네!
함박눈이 내리네!
오고 가는 사람들은 우산 펴들고
종종걸음 어디론가 사라져 가네
사람들의 발자국마다 뽀드득 소리

눈이 오네!
산천에 눈꽃 피네!
설경을 동경하는 눈꽃송이 보려
산행하는 사람들이 오고갈 때에
들려오는 발자국마다 뽀드득 소리

눈이 오네!
내리는 함박눈은
온누리에 하얀설경으로 눈부셔
미끄러질까 조바심에 거북걸음
오고가는 발자국에 뽀드득 소리!

2015년 1월 5일

흘러간
젊은 시절

5부
사랑하는 손자들

그리워진 외손들

어린 시절 유수처럼 흘러간 세월들에
돌봐주고 아이들의 기저귀 갈아주던
그 시절이 엊그제 같은데 벌써 자라
소망으로 유학 떠난 그리운 외손녀

외손자 외손녀를 키우고 보살피며
그들 마음 알게 되니 참으로 고마우리
따라주던 외손들이 건강히 자란 모습
희망의 그 꿈 되게 보살펴 사랑하리

온정으로 안아 주던 사랑의 엄마 품을
떨어져서 진실 사랑 모르고 자란 아이
따뜻하게 사랑으로 안아줘 살아가면
서글픈 그 마음을 잊으며 사랑하리

흘러간
젊은 시절

학교에다 손녀들을 데려다주고 와서
그룹학원에 외손자만을 남기고 돌아올 때
할아버지 마음 아파 잊을 수 없었단다
어느덧 배움 찾아 스스로 학교 가네

부모 떠나 할아버지 슬하에 자란 아이
생각하면 안쓰럽고 사랑한 그 아이들
푸른 꿈을 이루도록 소망을 찾아주어
부모 마음 알도록 인내로 보살피리

손자들은 어린 시절 기억이 날까마는
손을 잡고 목마하고 구판장 찾아가면
모든 사람 알아보고 웃으며 예뻐하던
지나간 세월들이 엊그제 같네요

소년으로 자란 모습 아이들 믿음직스럽고
의젓하게 자란 그들 이제는 서로 도와
소원 성취 이루도록 보살핀 부모 사랑
서로 도와 안으며 더욱더 사랑하리

2012년 3월 18일

흘러간
젊은 시절

출생 오십 일 손자

세월은 손자가 태어난 그날도
유수같이 흘러 어느덧 출생 오십일
그 사진이 보고 싶네 우리 손자

언제나 바라본 그 천진난만한
그 얼굴이 눈에 선하고 배가 고프면
울기도 하련만 울지 않는 우리 손자

무엇을 바라본 그 두 눈동자는
초롱초롱 행복 말하듯 재롱부리는
그리움 보고파 재롱하는 우리 손자

언제나 씩씩하고 건강한 그 모습
환영받을 우리 가문에 뿌리 되어서
푸른 꿈 이루어 축하받을 우리 손자

2013년 8월 7일

산모의 고통스러운 출산

세월은 유수처럼 흘러가련만
엄마 뱃속에 태동하는 그 아기가
몹시 그리워 기다리던 십 개월
염려되는 출산일이 가까워지리

어느덧 날짜되어 산실 찾아가니
출산 준비에 공포의 두려움에
시달리는 산모들 이를 악물고
산통 속에 힘이 빠져 지친 산모들

조금도 힘이 될 수 없는 남편들
몹시 괴로워 볼 수 없는 산모 마음
힘들어도 출산 아기 보고 싶어
성별부터 물어보는 산모들 심정

가문의 뿌리 이어주는 고생에
괴로움 모르는 체 산모 진통 속에
고통 참았던 아기가 출산되어
그 괴로움 감수하던 엄마 사랑을

엄마 도리 위해 참았던 희생의
모성애를 간직하고 출산의 고통
어느 누가 알아줄까 묻고 싶네
가문의 뿌리 건강하게 출산 축하를…

2014년 2월 26일

손자 첫돌

엄마 뱃속에 자라오던 그 십 개월
기다리던 3월 6일 출산되어
유수처럼 돌고 돌아 기억되는
그날 맞아 손자 첫돌 축하하오

언제 보아도 웃음 주던 재롱들이
가물거려 우리 손자 보고 싶네
초롱초롱 두 눈동자 바라볼 때
우리 가문 뿌리됨을 축하하오

선친의 가문 뿌리 이을 우리 손자
효도하고 씩씩하게 잘 자라
성실한 큰 나무로 성장되고
존경받는 자손으로 자라다오

흘러간
젊은 시절

언제나 부모 사랑받는 재롱들에
기쁨 주고 웃음 주던 귀염둥이
푸른 꿈에 소원 성취 이루기를
기다리며 두 손 모아 축하하오

2014년 3월 6일

신생아, 외손자들

아! 흘러가는 세월이여!
기다리던 기축년 7월 4일
가문의 뿌리로 태어나는 어여쁜 신생아!
유씨가문 이어갈 첫째 아기!
사랑의 귀염둥이로 잘 자라
언제나 환영받는 자손으로
영원히 꿈을 이뤄 소원성취하소서

아! 흘러 흘러 그 세월은
사랑으로 계사년 7월 10일
가문의 울타리 만들어 준 튼튼한 신생아!
축복 속에 태어난 둘째 아기!
가문에 귀염둥이로 사랑을
언제나 기쁨 주는 자손으로
행복의 꿈을 이뤄 소원성취하소서

2014년 7월 10일

흘러간
젊은 시절

성숙한 외손녀 보면서

그때 세월 흘러 돌아가리라
기저귀 갈아주며 돌보던 그 외손녀
엊그제 같은데 어느덧 성숙해
성인으로 잘 자라 기력 없어 힘들어진
산수(傘壽) 몸 부추기어 병원 갔던 고마운 손녀

어린 시절 목마하고 다니던
외손자, 외손녀들 성인으로 성장해
힘 없는 이 몸을 보살펴준 고마움
보호받는 이 신세 가여워진 황혼 인생
너무도 괴로우며 착한 손녀 고마워라

병원 종합검진 받으러 갈 때
손녀 보호 받으며 가려니 미안해
이 내 몸 보살피는 외손녀
의젓하게 성숙한 그 모습이 대견스러워
외손녀 착한 마음 잊지 않고 간직하리라

2015년 12월 21일

이 책의 마무리 글

하나님의 은총으로 내 몸에서 병마가 사라져 회복될 그날만 생각하며 아무 계획 없이 살았던 병상 삼십 년이 내 인생 육십이라니 그 세월이 더욱 슬프게 느껴집니다.

병상에 누워 고생스러운 삶이었으나 그때 변함없는 아내의 도움으로 완쾌가 되었습니다. 하지만 병마의 상처로 숨이 가쁘고 기력이 쇠진하여 남은 여생 또한 인생다운 인생으로 살기 보다 허무한 세월의 연속으로 여겨집니다. 사랑할 수 있는 그 세월이 너무나 멀리멀리 흘러가 한 번도 아내를 따뜻하게 안아 주지 못한 나 자신이 원망스럽습니다. 그간 나를 대신해 살아온 아내는 농촌에서 모진 고생을 하며 육남매 자녀들이 대학까지 졸업하게 돌봐주고 생활터전까지 마련해주었습니다. 눈물겨운 세월들이 말없이 흐를 때 인과 덕을 겸비한 현모양처는 고난의 모성애로 자녀들에게 화목과 우애를 가르쳤습니다. 그 은혜를 갚을 시간 없이 황혼이 되어 아쉽기만 합니다. 그간 아내가 겪은 고생은 말로 다 할 수가 없으며, 흘러간 날들을 생각할수록 서글픈 눈물만 흐릅니다. 이제 저물어 가는 황혼의 인생길이 아쉬움으로 남습니다.

흘러간
젊은 시절

무엇보다 건강하지 못한 아내가 속히 회복하여 그간 고생한 보람으로 성장한 자녀들의 생활 모습을 보며 지내기를 바랍니다. 그동안 나는 병상에서 병마들과 싸우며 아까운 내 젊음을 다 보내느라 자녀들에게 아무것도 해주지 못해서 항상 가슴 아프고 자녀들 볼 면목이 더욱 없습니다. 언제나 사랑스러운 아내는 피눈물을 흘리며 우리 가정을 일구었고, 저는 지금까지 아내의 도움을 받으며 살고 있습니다. 앞으로 아내는 성장한 자녀들이 형제간에 서로 우애하고 화목하게 살아가는 모습을 보며 후회도 미련도 없이 즐거움으로 지내다 떠나기를 소망합니다. 사랑하는 아내여!

끝으로, 오랜 병마의 흔적이지만 남길 수 있는 기회를 주신 북랩 출판사 관계자와 두서없는 글을 읽어주신 독자님들께 진심으로 감사드리며 마무리하고자 합니다.

2017년 1월
박은식